ତସନିମ୍ କାହାଣୀମାଳା

ବିଦ୍ୟାଳୟ ପିଲାଙ୍କ ପାଇଁ ଆକର୍ଷଣୀୟ,
ଶିକ୍ଷଣୀୟ ଓ ସଂସ୍କାରଧର୍ମୀ ଗଳ୍ପ ସମ୍ଭାର

ତସନିମ୍ ସୁଲତାନା

STORYMIRROR
Stories that reflect you

Copyright © 2022 by Tasneem Sultana

This is a work of Fiction. Names, characters, businesses, places, events and incidents are either product's of the author's imagination or used in a fictitious manner. Any resemblance to actual persons, living or dead, or actual events is purely coincidental.

All Rights Reserved

First Edition: April 2022
Second Edition: July 2022
Printed in India

ISBN: 978-93-92661-42-6

Book Layout by: StoryMirror

STORYMIRROR
Stories that reflect you

Publisher: StoryMirror Infotech Pvt. Ltd.
                145, First Floor, Powai Plaza, Hiranandani Gardens, Powai, Mumbai - 400076, India

Web: https://storymirror.com
Facebook: https://facebook.com/storymirror
Twitter: https://twitter.com/story_mirror
Instagram: https://instagram.com/storymirror

No part of this publication may be reproduced, be lent, hired out, transmitted or stored in a retrieval system, in form or by any means, electronic, mechanical, photocopying, recording or otherwise, without the prior permission of the publisher. Publisher holds the rights for any format of distribution.

ଉତ୍ସର୍ଗ

ଏହି ପୁସ୍ତକଟିକୁ ମୋ ବାପାଙ୍କୁ ଭେଟି ଦେବା ସହ ମୋର ସ୍ୱର୍ଗତଃ ଅଜାଙ୍କ ସ୍ମୃତିରେ ଗଠିତ ମୌଲାନା ଅବ୍ଦୁସ୍ ସତ୍ତାର୍ ଶିକ୍ଷା ଓ ସଂସ୍କାର ଟ୍ରଷ୍ଟକୁ ଉତ୍ସର୍ଗ କରାଗଲା।

ତସନିମ୍ ସୁଲତାନା

ମୋ କଥା

ପ୍ରିୟ ପାଠିକା ଓ ପାଠକଗଣ ! ସାରସ୍ୱତ ଶୁଭେଚ୍ଛା ଓ ଅଭିନନ୍ଦନ।

ଆଜିର ଦିନ ମଙ୍ଗଳମୟ ହେଉ। ମୁଁ ଆପଣମାନଙ୍କ ମଧ୍ୟରୁ ଜଣେ ସ୍କୁଲ ପିଲା ବୋଲି ନିଜକୁ ଗର୍ବ ଅନୁଭବ କରେ। ଏହି ପୁସ୍ତକଟିରେ ଆମଭଳି ଶିଶୁମାନଙ୍କ ମନର କଥା ଭରି ରହିଛି। ବଡ଼ମାନଙ୍କ ଠାରୁ ଆମର ଦୁନିଆ ନିଆରା ଅଟେ। ଆମେ ଶ୍ରେଣୀଗୃହରେ, ଖେଳପଡ଼ିଆରେ ଓ ଦୈନନ୍ଦିନ ଜୀବନର ଆଖପାଖ ପରିବେଶରେ ଯାହା ଦେଖୁ ସେଥିରେ ଆମେ ପ୍ରଭାବିତ ହୋଇଥାଉ। କିଛି ନୂଆ କରି ଦେଖାଇବାକୁ ପ୍ରୟାସ କରିଥାଉ। ସଫଳତାର ପାହାଚ ଚଢିବାବେଳେ ପ୍ରସଂଶା ଆଶା କରିଥାଉ। ଆମ ଦୁନିଆକୁ ଆମେ ହିଁ ବୁଝିଥାଉ। ଆମକଥାକୁ ବୁଝିବାକୁ ବଡ଼ମାନଙ୍କୁ ଆମ ସ୍ତରରେ ଆସିବା ଜରୁରୀ ବୋଲି ମୁଁ ଭାବୁଛି।

ଆମ ବାପା ମା', ଗୁରୁଜନ ଓ ସମ୍ପର୍କୀୟମାନେ

ଆମ୍ଭମାନଙ୍କ ଦୁନିଆକୁ ଆମ୍ଭମାନଙ୍କ ଆଖିରେ ଦେଖିଲେ ଆମ୍ଭ ଉଦ୍ଦେଶ୍ୟ ପୂରଣ ହେବାକୁ ସାତ ସପନ ଲାଗିବନି। ପ୍ରାକ ପ୍ରାଥମିକ ଅଙ୍ଗନବାଡ଼ି ଶିକ୍ଷା ଠାରୁ ଉଚ୍ଚ ପ୍ରାଥମିକ ଶିକ୍ଷା ପର୍ଯ୍ୟନ୍ତ ଆମେ ଆମ୍ଭ ଶିକ୍ଷକ, ଅଭିବାବକ ଓ ସମାଜର ପ୍ରତିଟି ବ୍ୟକ୍ତିବିଶେଷଙ୍କ ଜୀବନ, ଜୀବିକା ଓ ସେମାନଙ୍କ କାର୍ଯ୍ୟକଳାପ ଦ୍ୱାରା ପ୍ରଭାବିତ ହୋଇଛୁ। ପ୍ରକୃତିକୁ ଭଲ ପାଇବା, ସମସ୍ତ ପଶୁପକ୍ଷୀଙ୍କ ଜୀବନଶୈଳିକୁ ନେଇରେଖି ଦେଖିବା ସେମାନଙ୍କ ଠାରେ ନିସ୍ୱାର୍ଥପର ସ୍ନେହ ଓ ପ୍ରେମ ଦେଖିଲେ ଆମେ ବହୁତ ଖୁସି ଅନୁଭବ କରିଥାଉ। ଏହି ପୁସ୍ତକରେ ଥିବା ମନଛୁଆଁ ଓ ଶିକ୍ଷଣୀୟ କାହାଣୀସବୁ ହେଉଛି ଆମଭଳି ଶିଶୁମାନଙ୍କ ଏହିସବୁ ଭାବନାର ସମାହାର। ଅଙ୍ଗନବାଡ଼ିରୁ ଅଷ୍ଟମ ଶ୍ରେଣୀ ମଧ୍ୟରେ ଅନେକ ଗଳ୍ପ ବାପା, ମା', ଗୁରୁଜନ ଓ ସମ୍ପର୍କୀୟମାନଙ୍କ ଠାରୁ ଶୁଣିଛି। ପିଲାବେଳେ ବୋଉ କହୁଥିଲା ମୁଁ ବର୍ଷକର ହୋଇଥିବାବେଳେ ଘର ଝରକା ପାଖରେ ଛିଡ଼ା ହୋଇ ବାହାର ଦୁନିଆକୁ ଦେଖୁଥିଲି। ଯାଉଥିବା ସ୍କୁଲ ପିଲାଙ୍କୁ ଖନେଇ ଖନେଇ କହୁଥିଲି-'ପିଲେ ଥୁଣ ଥୁଣ ମୋ କଥା'। 'ମୋ କଥା'କୁ ସମସ୍ତେ ଶୁଣି ହସି ହସି ଗଡ଼ି ଯାଉଥିଲେ। ବାପାଙ୍କଠୁ ଶୁଣିଛି ମୋର ସ୍ୱର୍ଗତଃ ଅଜା ମୌଲାନା ଅବ୍ଦୁସ୍ ସତ୍ତାର ଯିଏ କାକଟପୁର ସରକାରୀ ଉଚ୍ଚ ବିଦ୍ୟାଳୟରେ ୩୩ ବର୍ଷ ଶିକ୍ଷକତା କରିଥିଲେ, ଭବିଷ୍ୟତବାଣୀ କରିଥିଲେ। ଗପୁଡ଼ି ଦିନେ ଲେଖିକା ହବ। ମୋର ସପ୍ତମ ଶ୍ରେଣୀର ସମ୍ପୂର୍ଣ୍ଣ ଶିକ୍ଷାବର୍ଷ ଓ ଅଷ୍ଟମ ଶ୍ରେଣୀର କିଛି ମାସ କରୋନାର ଲକଡ଼ାଉନ୍, ଘରୋଇ ଓ ଅନଲାଇନ୍ ଶିକ୍ଷାରେ କଟି ଯାଇଛି। ୨୦୨୧ ଜୁଲାଇ ମାସରୁ ଆଜି ପର୍ଯ୍ୟନ୍ତ ମୋର ଅନେକ ଲେଖା ଦୈନିକ ସମ୍ବାଦପତ୍ର ସମ୍ବାଦ, ପ୍ରମେୟ ଓ ସକାଳର ଶିଶୁପୃଷ୍ଠା ଫୁଲଝରି, ପ୍ରଜାପତି ଓ ସୁମନରେ ପ୍ରକାଶ ପାଇଛି। ଦୈନିକ ସମ୍ବାଦପତ୍ର ଧରିତ୍ରୀର ଶିଶୁ ମଡ଼େଲ 'ଆଇନା' ପୃଷ୍ଠାରେ ମୋ ଫଟୋଟି ସ୍ଥାନ

ପାଇଛି । ଏଥିସହ ମୁମ୍ବାଇର ୱେବପେଜ୍ ଷ୍ଟୋରିମିରର୍ ଓ ବେଙ୍ଗାଲୁରୁର ୱେବପେଜ୍ ପ୍ରତିଲିପିରେ ମଧ୍ୟ ଅନେକ ଗଳ୍ପ ପ୍ରକାଶିତ ହୋଇଛି। ମୋର ପ୍ରଥମ ଗଳ୍ପ 'ଗେଲ୍ଲିର ଅନଲାଇନ୍ ପଢା' ସମ୍ବାଦ ଓ ପ୍ରମେୟର ଶିଶୁପୃଷ୍ଠାରେ ୧୭ ଜୁଲାଇ ୨୦୨୧ରେ ପ୍ରକାଶିତ ହୋଇଥିଲା। ଏହି ସ୍ତମ୍ଭ ମାଧ୍ୟମରେ ମୁଁ ସମ୍ବାଦ, ପ୍ରମେୟ ସକାଳ, ଧରିତ୍ରୀ, ପ୍ରତିଲିପି ଓ ଷ୍ଟୋରିମିରରର ଶିଶୁପୃଷ୍ଠାର ସମସ୍ତ ମାନନୀୟ ସମ୍ପାଦକ ମଣ୍ଡଳୀଙ୍କୁ ମୋର କୃତଜ୍ଞତା ଜ୍ଞାପନ କରୁଛି। ଏହି ପୁସ୍ତକର ପ୍ରକାଶନ ଦାୟିତ୍ୱ ଷ୍ଟୋରିମିରର୍ ପ୍ରକାଶନ ସଂସ୍ଥା ନେଇ ଥିବାରୁ ଏହାର କର୍ମକର୍ତ୍ତା, କମ୍ୟୁନିଟି ମ୍ୟାନେଜର ଶ୍ରୀ ବିକେଶ ସାହୁ ଓ ଏହାର ଓଡ଼ିଆ ବିଭାଗର ସମ୍ପାଦିକା ପଲ୍ଲବିନୀ ଆଚାର୍ଯ୍ୟ ଅପା ଓ ଡିଟିପି କରିଥିବା ଲିଲି ଶତପଥୀ ଅପାଙ୍କୁ ମୋ ହୃଦୟର ଅନ୍ତରର ପ୍ରଦେଶରୁ ସମ୍ମାନ ଓ କୃତଜ୍ଞତା ଜ୍ଞାପନ କରୁଛି। ମୋର ଜନ୍ମଦାତ୍ରୀ ମୋତେ ନୂଆ ଦୁନିଆ ଦେଖାଇଥିବା ମୋ ଅମ୍ମୀ ବେଗମ୍ ଶକିଲା ସୁଲତାନାଙ୍କ ପ୍ରତି ଶତତ କୃତଜ୍ଞ ଓ ମୋ ବାବା ମୋର ପ୍ରତିଟି ଅଳିକୁ ସାକାର କରୁଥିବା ବିଦ୍ଧାଣୀ ଶେଖ୍ ଫଜଲୁର୍ ରହମାନ୍ ଯିଏ ମୋର ବନ୍ଧୁ, ଦାର୍ଶନିକ, ଗୁରୁ ଓ ପଥ ପ୍ରଦର୍ଶକ ଅଟନ୍ତି। ପୁରୀ ଜିଲ୍ଲା କାକଟପୁର ବ୍ଲକର ଉଚ୍ଚ ଶିକ୍ଷାଗତ ଯୋଗ୍ୟତା(ଏମ୍‌ଏ, ଶିକ୍ଷାଶାସ୍ତ୍ର, ଉର୍ଦ୍ଦୁ, ରାଜନୀତି ବିଜ୍ଞାନ, ପର୍ଯ୍ୟଟନ ପରିଚାଳନା, ବିଏଡ୍) ର ଅଧିକାରି ଓ ଆଦର୍ଶ ଶିକ୍ଷକ ଅଟନ୍ତି। ଆଜିର ଶୁଭ ମୁହୂର୍ତ୍ତରେ ଏହି ପୁସ୍ତକଟିକୁ ଆପଣଙ୍କୁ ଭେଟି ଦେଇ ଆପଣଙ୍କଠାରୁ ଆଶୀର୍ବାଦ ଭିକ୍ଷା କରିବା ସହ କୃତଜ୍ଞତା ଜ୍ଞାପନ କରୁଛି। ମୋର ସ୍ୱର୍ଗତଃ ଅଜାଙ୍କୁ ଓ ତାଙ୍କ ସ୍ମୃତିରେ ଗଠିତ ଟ୍ରଷ୍ଟ ନାମରେ ଏହି ପୁସ୍ତକଟିକୁ ଉତ୍ସର୍ଗ କରୁଛି। ପରମ କରୁଣାମୟ ପରମେଶ୍ୱର ଆଲ୍ଲା ଯାହାଙ୍କ ସ୍ୱର୍ଗରେ ଶ୍ୱେତଗଙ୍ଗା ବା ଉର୍ଦ୍ଦୁରେ ତସନିମ୍ ପ୍ରବାହିତ ହେଉଥିବା ବିଶ୍ୱାସ ରହିଛି, ଏହି ମହାନ ସ୍ରଷ୍ଟା ପାଖରେ କୃତଜ୍ଞତା

ଜ୍ଞାପନ କରୁଛି। ଏଥିସହ ମୁଁ ପଢୁଥିବା କାକଟପୁର ବାଳିକା ନୋଡ଼ାଲ ଉଚ୍ଚ ବିଦ୍ୟାଳୟର ସମସ୍ତ ସମ୍ମାନସ୍ପଦ ଗୁରୁଜୀ ଗୁରୁମା', ମୋର ଫକିରସାହି ଓ କାକଟପୁର ବିବେକାନନ୍ଦ ଶିକ୍ଷା କେନ୍ଦ୍ରର ପୂଜ୍ୟ ଗୁରୁଜୀ ଗୁରୁମା' ଜାଗ୍ରତ ପ୍ରହରୀ ସାଜି ଏ ମାଟିର କଣ୍ଢେଇକୁ କଥା କହିବା ଶିଖେଇଛନ୍ତି ସେମାନଙ୍କ ପାଖରେ ମୁଁ ଚିରଋଣୀ ହୋଇ ରହିବି। ଆଜିର ଏହି ଦିବସରେ ଆପଣମାନଙ୍କ ଠାରୁ ଆଶୀର୍ବାଦ ଭିକ୍ଷା କରୁଛି। ମୋର ସମସ୍ତ ଶୁଭେଚ୍ଛୁବର୍ଗ, ସୋସିଆଲ୍ ମିଡ଼ିଆ, ପ୍ରତିଲିପି, ଷ୍ଟୋରିମିରର୍ ଅନୁଗାମୀ ଓ ପାଠକ-ପାଠିକାମାନଙ୍କୁ ଅନୁରୋଧ କରୁଛି ଏହି ପୁସ୍ତକଟିକୁ ନିଜେ କିଣି ପଢନ୍ତୁ। ଏହି ପୁସ୍ତକଟିକୁ ଶିଶୁମାନଙ୍କ ଜନ୍ମଦିନ ଓ ବିଶେଷ ଅବସରରେ ବନ୍ଧୁମାନଙ୍କୁ ଉପହାର ରୂପେ ପ୍ରଦାନ କଲେ ଶିଶୁ ସାହିତ୍ୟର ପ୍ରଚାର ଓ ପ୍ରସାର ହେବା ସଙ୍ଗେ ସଙ୍ଗେ ମୋ ଲେଖାର ଶ୍ରମ ସାର୍ଥକ ହେବ।

ଜୟ ଜଗତ, ଜୟ ହିନ୍ଦ ...!

ତସନିମ୍ ସୁଲତାନା
ଅଷ୍ଟମ ଶ୍ରେଣୀ,
କାକଟପୁର ବାଳିକା ନୋଡ଼ାଲ ଉଚ୍ଚ ବିଦ୍ୟାଳୟ
ତା ୨୦ ଡିସେମ୍ବର ୨୦୨୧

ସୂଚୀପତ୍ର

୧. ଗେହ୍ଲିର ଅନଲାଇନ୍ ପଢା : ୧୧

୨. ଏକ ନିଆରା ଇଦ୍ : ୧୩

୩. ଭିକ୍ଷାଥାଳ : ୧୬

୪. ମମତାର ମୂଲ : ୧୮

୫. ସମୟର ମୂଲ୍ୟ : ୨୦

୬. ମାଟିର ମଣିଷ : ୨୨

୭. ନିରୀହ ଚେହେରା : ୨୪

୮. ମଧୁ ଓ ମହୁମାଛି : ୨୬

୯. ଟିକି ଚଢେଇ : ୨୮

୧୦. ମିନା ମଞ୍ଚ : ୩୦

୧୧. ମୀରା ଓ ପର୍ସ : ୩୨

୧୨. ପୁଲିସବାବୁ : ୩୪

୧୩. ଇକୋ ଆମ୍ବୁଲାନସ୍ : ୩୬

୧୪. ସିଂହ ଓ ପିମ୍ପୁଡ଼ି : ୩୮

୧୫. ବୁଦ୍ଧିଆ ଗଧ : ୪୦

୧୬. ନ୍ୟାୟ ଦେବୀ : ୪୨

୧୭. ସ୍ୱପ୍ନର ସୌଦାଗର : ୪୪

୧୮. ସେଇ ଝିଅଟି : ୪୬

୧୯. ମାମୁଁଘର ଗାଁ : ୪୮

୨୦. ସ୍ୱପ୍ନାର ସଂଘର୍ଷ : ୫୦

୨୧. ପ୍ରାୟଶ୍ଚିତ : ୫୫

୨୨. ଦାୟୀ କିଏ : ୫୭

୨୩. ଶିକ୍ଷା ଓ ସଂସ୍କାର : ୬୧

୨୪. ପରିଶ୍ରମର ଫଳ : ୬୪

୨୫. ଏକ ଅନନ୍ୟ ଗୁରୁଦିବସ : ୬୬

୨୬. ଆୟତର ଜନ୍ମଦିନ : ୬୯

୨୭. କର୍ମଯୋଗୀ କଲାମ୍ : ୭୨

୨୮. ପୂଣ୍ୟ ମୁଦ୍ରା : ୭୫

୨୯. ସାହସୀ ଝିଅ : ୭୭

୩୦. ଖୁସି : ୭୯

୩୧. ଶିଶୁ ସଂସଦ : ୮୧

୩୨. ରିତା ଓ ରୋହିତ : ୮୪

୩୩. ସପନ ହେଲା ସତ : ୮୬

୩୪. ବେହ୍ରଲୁଲ୍ ଦାନା : ୮୮

୩୫. ସିଦ୍ଧ ପୁରୁଷ ଗସେ ଆଜମ୍ : ୯୦

ଗେହ୍ଲିର ଅନଲାଇନ୍ ପଢା

ବାପା ବୋଉଙ୍କର ସେ ଗେହ୍ଲି ଝିଅ। ସାନ ଦାଦା ଡାକନ୍ତି ଫୁଲଝରି। ମାମୁଁଘରେ ଡାକନ୍ତି ଗେଲୁନୁ କିନ୍ତୁ ଭାଇ ଭଉଣୀଙ୍କର ସେ ଆୟତ। ଶାଠ ସହ ସମସ୍ତ ପାଠକୁ ଆୟତ କରିବାରେ ସେ କିନ୍ତୁ ଧୁରନ୍ଧର। ବୟସ ତା'ର ମାତ୍ର ସାତ ବର୍ଷ କିନ୍ତୁ କଥାରେ ତା' ପାଖରେ ସତର ବର୍ଷର ବଡ଼ ପିଲା ମାନେ ମଧ୍ୟ ହାର ମାନିଯିବେ। ତାକୁ ତା'ର ବୟସ ପଚାରିଲେ ସେ ଚୁପ୍ କରିବା ଢଙ୍ଗରେ ଓଠ ଉପରେ ଗୋଟିଏ ଆଙ୍ଗୁଠି ରଖି କୁହେ ସେପ୍ଟେମ୍ବର ଏକ। ଲକଡାଉନ ଯୋଗୁଁ ଅନଲାଇନ ପାଠ ଚାଲି ଥିବାରୁ ତାର ମଧ୍ୟ ଦ୍ୱିତୀୟ ଶ୍ରେଣୀର ପାଠପଢା ଚାଲିଛି। ବାପାଙ୍କୁ କହି ବ୍ଲୁଟୁଥ୍ ସ୍ପିକରଟେ ମଗେଇଛି। ସେ ଚୁପଚାପ କାନରେ ଗେଞ୍ଜି ମନଧ୍ୟାନ ଦେଇ ପାଠ କରୁଛି। ଆଗରୁ ବାପାଙ୍କ କୋଳରେ ବସି ମୋବାଇଲର ସବୁ ପାଠ ଜାଣିଯାଇଛି। ଏପରିକି କିଛି ପାସୱାର୍ଡ ମଧ୍ୟ ଆୟତ କରିଛି ବୋଲି ଏକଥା ଜଣା ନଥିଲା।

ଦିନକର କଥା ସେ ତା'ର ପାଠପଢା ସାରି ବାପାଙ୍କ ଗୁଗୁଲ –ପେ ଖୋଲିଲା। ମୋବାଇଲ ଅନଲକ ଓ ଗୁଗୁଲ –ପେ ପାସୱାର୍ଡ ଲେଖି ମନ ଇଚ୍ଛା ବାପାଙ୍କ ଫୋନ ଲିଷ୍ଟରେ ଥିବା ଲୋକଙ୍କ ପାଖକୁ ଏକ ଟଙ୍କା, ଦଶ ଟଙ୍କା ଓ ଶହେ ଟଙ୍କା ପଠେଇବାରେ ଲାଗିଥିଲା। ବାପା ଅଫିସରେ ଥା'ନ୍ତି। ବାପାଙ୍କ ସାଙ୍ଗମାନେ ଫୋନ କରି ପଚାରିବାରୁ ସେ ମଧ୍ୟ ଆଶ୍ଚର୍ଯ୍ୟ ହୋଇଗଲେ। ସେ ଘର ନମ୍ବରକୁ ଫୋନ କଲେ। ବୋଉ ଆୟତ ଠାରୁ ଫୋନ ନେଇ ତାକୁ ଏ ବିଷୟରେ ପଚାରିବାରୁ ସେ ଡରି ଡରି "ମୁଁ ଏମିତି ଏମିତି ଚିପୁଥିଲି" -ବୋଲି

କହିଲା। ବୋଉ ତା'ଠାରୁ ଫୋନ ଛଡ଼ାଇ ଆଣି ଫୋନ ଡିଟେଲ୍ସ ଦେଖୁଥିବା ସମୟରେ ଆୟତ ଘାବରେଇ ଯାଇ କୁଆଡ଼େ ଲୁଚିଗଲା। ସମସ୍ତେ ତାକୁ ଖୋଜି ଖୋଜି ନୟାନ୍ତ ହୋଇଗଲେ। ଏମିତି ସନ୍ଧ୍ୟା ହୋଇଗଲା ଅଫିସରୁ ଆସି ବାପା ମଧ୍ୟ ଖୋଜିଲେ। ପାଖ ପଡ଼ିଶାରେ ଖୋଜା ହେଲା। କେଉଁଠି ହେଲେ ସେ ମିଳିଲା ନାହିଁ। ଶେଷରେ ଫେସବୁକ୍ ଓ ହ୍ୱାଟ୍ସଆପ୍ପରେ ପୋଷ୍ଟ କରାଗଲା। କିନ୍ତୁ କିଛି ଲାଭ ହେଲା ନାହିଁ। ରାତି ଦଶଟାରେ ବାପା ବାଧ୍ୟ ହୋଇ ଥାନାରେ ଖବର ଦେଲେ। ଆୟତ ମାଡ଼ ଭୟରେ ଘରଠାରୁ ଅଳ୍ପଦୂରରେ ପୋଖରୀ ହୁଡ଼ାରେ ଥିବା ଅମରୀ ବଣରେ ଲୁଚିଥିଲା। ସେଇଠି ବସୁ ବସୁ ତାକୁ ନିଦ ହୋଇଯାଇଛି। ରାତି ପ୍ରାୟ ତିନିଟାରେ ତାର ନିଦ ଭାଙ୍ଗିଲା। ସେ ଘାବରେଇ କାନ୍ଦିବାକୁ ଲାଗିଲା। ରାତି ଜଗୁଆଳି ବାହାଦୁର ଜଙ୍ଗଲ ଭିତରୁ ଛୁଆଟିର କାନ୍ଦ ଶୁଣି ଟର୍ଚ୍ଚ ମାରି ଆୟତକୁ ଦେଖିଲା। ସେ ବ୍ଲକର ନିଖୋଜ ହ୍ୱାଟ୍ସଆପ୍ପ ଗ୍ରୁପରେ ତା'ର ଫଟୋ ଦେଖିଥିଲା। ସଙ୍ଗେ ସଙ୍ଗେ ଝିଅର ଘରକୁ ଫୋନ ଆସିଲା। ବାହାଦୁର ପିଲାଟିକୁ ଖୋଜିଥିବାରୁ ତାକୁ ସମସ୍ତେ ଧନ୍ୟବାଦ ଜଣାଇଲେ। ସକାଳ ଖବର କାଗଜରେ ତା'ର ନିଖୋଜ ଖବର ଦେଖି ବାପାଙ୍କୁ ଅନେକ ସାଙ୍ଗ ଫୋନ କରୁଥିଲେ। ଆୟତ ଚୁପଚାପ ବସି ଶୁଣୁଥିଲା। ବୋଧେ ଠିକ୍-ଭୁଲ୍ ହିସାବ କରୁଥିଲା। ଶେଷରେ ସେ ଭେଁ ଭେଁ ହୋଇ କାନ୍ଦି ଉଠିଲା। ବାପାବୋଉଙ୍କୁ କହିଲା ମୋର ଭୁଲ୍ ହୋଇ ଯାଇଛି। ଏପରି ଭୁଲ୍ ଆଉ କେବେ କରିବି ନାହିଁ। ବାପା ତା'କୁ ସ୍ନେହରେ ଛଳଛଳ ଆଖିରେ କୋଳେଇ ନେଲେ ଓ ଓଠ ଉପରେ ଆଙ୍ଗୁଠି ରଖି କହିଲେ ଏଥର ଗେହ୍ଲିର କଥା ଆଉ କାମ ଏକ ହେଉ। ଆମେ ସମସ୍ତେ ପ୍ରତିଜ୍ଞା କରିବା କି ଅନଲାଇନ୍ ପାଠ ବ୍ୟତୀତ ମୋବାଇଲର ଅନ୍ୟ କୌଣସି କାର୍ଯ୍ୟକ୍ରମ ବିନା ଅନୁମତିରେ ଦେଖିବା ନାହିଁ।

....

'ଗେହ୍ଲିର ଅନଲାଇନ ପଢା' ଗଳ୍ପଟି ସମ୍ବାଦର ଫୁଲଝରି ଓ ପ୍ରମେୟର ପ୍ରଜାପତି ଶିଶୁପୃଷ୍ଠାରେ ୧୭ ଜୁଲାଇ ୨୦୨୧ରେ ପ୍ରକାଶିତ ହୋଇଛି।

■

ଏକ ନିଆରା ଈଦ୍

ଏକୋଇଶ ଜୁଲାଇ ୨୦୨୧ ତାରିଖ ଥିଲା ଆୟତ ଓ ତା' ସାଙ୍ଗମାନଙ୍କ ପାଇଁ ଏକ ବିଶେଷ ଦିନ। କାରଣ ଗୋଟିଏ ଦିନରେ ପଡୁଛି ଈଦୁଲ ଜୁହା ଓ ରଥଯାତ୍ରାରେ ଜଗନ୍ନାଥଙ୍କ ସୁନାବେଶ। ଏହି ଦିନକୁ ସ୍ୱତନ୍ତ୍ର ଭାବେ ପାଳନ କରିବା ପାଇଁ ସେମାନେ ସପ୍ତାହେ ପୂର୍ବରୁ ଯୋଜନା କରିଥିଲେ। ସଂଗୀତାର ନନାଙ୍କୁ ଆୟତ, ଦେବନା ବୋଲି ଡାକେ। ଆମେ କିନ୍ତୁ ତାଙ୍କୁ ଦେବା ନନା ବୋଲି ଡାକୁ। ଭୁବନେଶ୍ୱରର ଏକ ସ୍ୱେଚ୍ଛାସେବୀ ସଂସ୍ଥାରେ କମ୍ କରୁଥାନ୍ତି। ସେ ରବିବାରରେ ଘରକୁ ଆସିଥିବାର ଜାଣି ଆୟତ ତାଙ୍କ ଘରକୁ ଗଲା। ଆୟତ ଓ ସଂଗୀତାକୁ ଏକାଠି ଦେଖି ସେ ଖୁସି ହୋଇ ପଚାରି ବସିଲେ, ପିଲାମାନେ ଏଥର ଯୋଜନା ସବୁ କ'ଣ ରହିଛି।

ଆୟତ କହିଲା ଦେବନା ଆପଣ ଆମକୁ ସାହାଯ୍ୟ କଲେ ଆମ ଯୋଜନା ସଫଳ ହେବ। ସଂଗୀତା ଘର ପଛ ପଟ ବାଡ଼ିରେ ଆୟତ, ସଂଗୀତା ଓ ଦେବନନା ନଡ଼ିଆପତ୍ର ପଟିରେ ବସି କଥାହେଲେ। ଆୟତ କହିଲା ନନା ଏଥର ଗୋଟିଏ ଦିନରେ ଈଦୁଲ ଜୁହା ଓ ସୁନାବେଶ ପଡୁଛି। ଆମେ ଉଭୟ ଗାଁ ଓ ବୃଦ୍ଧାଶ୍ରମରେ ଥିବା ବୁଢାବୁଢୀଙ୍କୁ ସେଇ ଦିନ ଗୋଟିଏ ବକତ ଖାଇବାକୁ ଦେବାର ଯୋଜନା କରିଛୁ। ଏକଥା ଶୁଣି ଦେବ ନନା ବହୁତ ଖୁସି ହେଲେ। ହେଲେ ଏଥିପାଇଁ ତ

ବହୁତ ପଇସା ଦରକାର। ଏତେ ପଇସା ତୁମେ ଛୋଟ ପିଲା କେଉଁଠୁ ଆଣିବ? ସଂଗୀତା କହିଲା –ନନା, ଆପଣ ବୃଦ୍ଧାଶ୍ରମର ମୁଖ୍ୟଙ୍କ ସହ ଯୋଗାଯୋଗ କରନ୍ତୁ। କେତେ ପଇସା ଖର୍ଚ୍ଚ ହେବ ଆମେ ସେଇ ଅନୁସାରେ ବ୍ୟବସ୍ଥା କରିବୁ। ଶେଷରେ ବୃଦ୍ଧାଶ୍ରମରେ ଥିବା ଷାଠିଏ ଜଣ ଓ ଉଭୟ ଶୁଆଖିଆ ଓ ଫକୀରସାହିରେ ଥିବା ଚାଳିଶ, ଏହିପରି ଶହେ ଜଣ ବୁଢାବୁଢୀଙ୍କ ପାଇଁ ପନିର ଓ ଭେଜ ବିରିୟାନିର ବ୍ୟବସ୍ଥା ହେଲା। ଏହାର ଏକ ବିବରଣୀ ତିଆରି କରି ଆୟତ ଘର ମୋବାଇଲ ନମ୍ବର ସହ ବ୍ଲକ ପ୍ରେସ୍ ହ୍ୱାଟସ୍ଆପ୍ ଗ୍ରୁପରେ ଦେବ ନନା ପଠାଇଲେ। ତା ଆର ଦିନ ପିଲାମାନଙ୍କ ଏହି ମହତ ଉଦ୍ଦେଶ୍ୟର କାହାଣୀ ସମସ୍ତ ଖବର କାଗଜରେ ପ୍ରକାଶ ପାଇଲା। ସୁନାବେଶ ଓ ଇଦୁଲ ଜୁହାକୁ ଆଉ ଛଅ ଦିନ ବାକି ଥାଏ। ଖବରକାଗଜରୁ ଏସବୁ ପଢି ଆଖ ପାଖ ଗାଁ ସମେତ ସହରରେ ଥିବା ଅନେକ ସ୍ୱେଚ୍ଛାସେବୀ ଯୁବକ, ପିଲାଙ୍କ ଏଭଳି ମହତ କାର୍ଯ୍ୟରେ ସାମିଲ ହେବାକୁ ଫୋନ କରି ନିଜ ନିଜର ସହମତି ଜଣାଇଲେ। କିଛି ଅନାଥ ଆଶ୍ରମ ଓ ମଦ୍ରାସାର ମୁଖ୍ୟ ଏଥିରେ ତାଙ୍କ ଗରିବ ଓ ନିରାଶ୍ରୟ ପିଲାଙ୍କୁ ସାମିଲ କରିବା ପାଇଁ ଅନୁରୋଧ ମଧ୍ୟ କଲେ। ଏଥି ପାଇଁ ବ୍ଲକ୍ ର ପ୍ରେସ୍ କ୍ଲବ୍ ତରଫରୁ ଅନ୍ ଲାଇନ୍ ଭର୍ଚୁଆଲ ମିଟିଂର ବ୍ୟବସ୍ଥା କରାଗଲା। ପିଲାଙ୍କ ମହତ କାର୍ଯ୍ୟକୁ ସଫଳ କରିବା ପାଇଁ ଶହ ଶହ ଯୁବକ ସମୟ ଦେବାକୁ ଓ ଟଙ୍କା ପଇସା ସାହାଯ୍ୟ କରିବାକୁ ଆଗେଇ ଆସିଲେ। ଅନେକ ପରିବା ଦୋକାନୀ ବିଭିନ୍ନ ପ୍ରକାରର ପରିବା ନେଇ ଯାଉଛନ୍ତି ବୋଲି ଫୋନ କଲେ। ଚାହୁଁ ଚାହୁଁ ପରିବାର ପାହାଡ଼ ଗଦା ହୋଇଗଲା। ପୁଣି ଭର୍ଚୁଆଲ୍ ବୈଠକ ହେଲା। ରାଉରକେଲା, ଭୁବନେଶ୍ୱର ଓ କଟକର ମୋଟ ଦଶଟି ଅନାଥ ଆଶ୍ରମ, ବୃଦ୍ଧାଶ୍ରମ, ମଦ୍ରାସା ସହ ଫକୀରସାହି ଓ ଶୁଆଖିଆ ସହ ଆଖପାଖ ଦଶଟି ଗ୍ରାମରେ ପ୍ରତି ପଚାଶ ଜଣରେ ଗୋଟିଏ ଦଳ ଗଠନ ହେବ। ସେମାନଙ୍କ ଦାୟିତ୍ୱରେ ଯେଉଁମାନେ ରହିବେ ତା'ର ଏକ ତାଲିକା ସେମାନଙ୍କ ଫୋନ ନମ୍ବର ସହ ଗୋଟିଏ ହ୍ୱାଟସ୍ଆପ୍ ଗ୍ରୁପ କରି ଜଣେଇ ଦିଆଯିବ ବୋଲି ନିଷ୍ପତି ନିଆଗଲା।

ଶେଷରେ ସେଇ ଦିନଟି ଆସିଲା। ଏଇଭଳି ଏଥରର ଇଦୁଲ ଜୁହା ଓ ସୁନାବେଶରେ ହଜାରରୁ ଅଧିକ ବୁଢାବୁଢୀ, ଅନାଥ ଓ ନିରାଶ୍ରୟ ପେଟଭରି ଭୋଜନ କଲେ। ଏସବୁ ଆୟତ ଓ ସଂଗୀତା ଭଳି ପିଲାଙ୍କ ଯୋଗୁଁ ସଫଳ ହୋଇଥିବାରୁ ତାଙ୍କ ପ୍ରଶଂସାରେ ସମସ୍ତେ ଶତମୁଖ ହେଲେ। କିନ୍ତୁ ଆୟତ ଓ

ସଂଗୀତା ଏକସ୍ୱରରେ କହିଉଠିଲେ ଏହା ଥିଲା ଆଲ୍ଲା ଓ ଜଗନ୍ନାଥଙ୍କ ଏକାନ୍ତ ଇଚ୍ଛା। ସତରେ ଏମିତି ଏକ ନିଆରା ଇଦ୍ ଓ ସୁନାବେଶ ପ୍ରତିବର୍ଷ ଆସନ୍ତା ନି !

....

"ଏକ ନିଆରା ଇଦ୍" ଗଳ୍ପଟି ସମ୍ବାଦର ଫୁଲଝରି ଶିଶୁପୃଷ୍ଠାରେ ୩୧ ଜୁଲାଇ ୨୦୨୧ ରେ ପ୍ରକାଶିତ ହୋଇଛି।

■

ଭିକ୍ଷାଥାଳ

ମେ ମାସ ଲକଡାଉନ ସମୟରେ ଦିନେ ଖରାବେଳେ ଖାଇପିଇ ସାରି ଆମେ ବିଛଣାରେ ଗଡ଼ପଡ଼ ହେଉଥିଲୁ। ବାହାରେ ଜଣେ ଭିକାରୀର ସ୍ୱର ଶୁଭିଲା। ସାନ ଭଉଣୀ ଆୟତ ଯାଇ ଦେଖିଲା, ଗେଟ୍ ବାହାରେ ତା'ରି ବୟସର ପିଲା ଓ ତା' ବୋଉ ଭିକ୍ଷାଥାଳ ଧରି ଭିକ୍ଷା ମାଗିବା ଦେଖି ତାକୁ ଭାରିଦୁଃଖ ଲାଗିଲା। ସେ କ'ଣ ଭାବିଲା କେଜାଣି ପିଲାଠୁ ଭିକ୍ଷାଥାଳ ନେଇ କିଛି ଦୂରରେ ବସିଥିବା ଗାଁ ମୁଖିଆ ପାଖକୁ ଗଲା। ଗାଁ ମୁଖିଆ ଆୟତର ବିଚକ୍ଷଣ ବୁଦ୍ଧି ବିଷୟରେ ଆଗରୁ ଜାଣିଥିଲେ। ମୁଖିଆ ତାଙ୍କ ସହ ବସିଥିବା ଅନ୍ୟ ବନ୍ଧୁମାନଙ୍କୁ ଆୟତର ପରିଚୟ କରାଇଦେଲେ। ସେମାନେ ସମସ୍ତେ ଯେ ପାଖ ଗାଁ ଗୁଡ଼ିକର ମୁଖିଆମାନେ, ଆୟତ ଜାଣି ଖୁସି ହେଲା। କିନ୍ତୁ ଆୟତ ସେ ଭିକାରି ମା' ଝିଅଙ୍କୁ କେମିତି ସାହାଯ୍ୟ କରିବ, ସେକଥା ତା' ମନରେ ରହିଥାଏ। ଏଥର ସେ ଗାଁ ମୁଖିଆମାନଙ୍କୁ ପଚାରିଲା- ଏଇ ଭିକ୍ଷାଥାଳର ନିଲାମରେ ଭାଗନେଇ ନିଜର ମହାନତାର ପରିଚୟ ଦିଅନ୍ତୁ।

ପାଖରେ ଖେଳୁଥିବା ପିଲାମାନେ ଆସି ମୋବାଇଲରେ ଭିଡ଼ିଓ ବନାଇ ଗାଁରେ ଭାଇରାଲ କରୁଥାନ୍ତି। ଏଇ ଆଖପାଖ ଅଞ୍ଚଳରେ କେହି ଭିକ୍ଷା ମାଗିବେ ନାହିଁ, ସବୁପିଲା ପାଠ ପଢିବେ, ସମସ୍ତେ ନିଜେ ରୋଜଗାର କରିବେ। ଭିକ୍ଷାଥାଳର ଦାମ୍ ଶହେ ଟଙ୍କାରୁ ଆରମ୍ଭ କଲି। ଗାଁ ମୁଖିଆ କହିଲେ, ମୁଁ ନେବି। ଦ୍ୱିତୀୟ ମୁଖିଆ ପର ଗାଁରେ ନିଜର ଇଜ୍ଜତ ରଖିବା ପାଇଁ କହିଲେ, ଏକ ହଜାର ଟଙ୍କାକୁ ବଢିଲି। ତୃତୀୟ ମୁଖିଆ କହିଲେ, ଦଶ ହଜାର। ଅନ୍ୟ ମୁଖିଆମାନେ କିଛି ନକହିବାରୁ ଆୟତ କହିଲା, ଦଶ ହଜାର ଏକ୍..। ଦଶ ହଜାର ଦୁଇ...। ଦଶ ହଜାର ତିନି କହିବା ପୂର୍ବରୁ ଜଣେ ମହିଳା ଆସି କହିଲେ,କୋଡ଼ିଏ ହଜାରେ

ଟଙ୍କା। ପୁଣି କହିଲେ ଆମ ମହିଳା ଗୋଷ୍ଠୀରେ ଏଇ ଗରିବ ମାଆଟି ରହିବେ।

ତାଙ୍କୁ ବିନା ସୁଧରେ ତିନି ବର୍ଷ ପାଇଁ କୋଡ଼ିଏ ହଜାରେ ଦିଆଯିବ। ସେ ଗାଁ ଭିତରେ ଏକ ଛୋଟିଆ ସଉଦା ଦୋକାନ କରିବେ। ତାଙ୍କର ଏଇ ପିଲାଟି ଆମ ଗାଁ ସ୍କୁଲରେ ପାଠ ପଢିବ। ସମସ୍ତ ସରକାରୀ ସୁବିଧା ସୁଯୋଗ ତାଙ୍କ ପାଇଁ ଆମ ଗୋଷ୍ଠୀ ବ୍ୟବସ୍ଥା କରିବ। ମହିଳାଙ୍କ ଏପରି କଥା ଶୁଣି ସମସ୍ତେ ତାଳି ମାରିଲେ। ଜଣେ ମୁଖିଆ ନିଶକୁ ମୋଡ଼ି ମହିଳାମାନଙ୍କୁ ପ୍ରଶଂସା କଲେ। ଏହା ଦେଖି ପିଲାଏ ହସିହସି ଗଡ଼ିଗଲେ। ସେଇ ଗରିବ ମାଆ ଝିଅର ପରିବାରରେ ଖୁସିର ହସ ଖେଳିଗଲା। ତାଙ୍କର ଭିକ୍ଷାଥାଳ ଯୋଗୁଁ ଏତେକଥା ହୋଇଥିବାରୁ ସେଇଟି ଗାଁର ପ୍ରଥନାସ୍ଥଳ ପାଖରେ ଟଙ୍ଗାହେବ। ସବୁଦିନ ପାଇଁ ଅପାତ୍ରରେ ଦାନ ନକରିବାର ବାର୍ତ୍ତା ବହନ କରୁଥିବ ବୋଲି ଗାଁ ମୁଖିଆ କହିଲେ।

....

"ଭିକ୍ଷାଥାଳ" ଗଳ୍ପଟି ପ୍ରମେୟର ପ୍ରଜାପତି ଶିଶୁପୃଷ୍ଠାରେ ୭ ଅଗଷ୍ଟ ୨୦୨୧ ରେ ପ୍ରକାଶିତ ହୋଇଛି।

■

ମମତାର ମୂଲ୍ୟ

ସେଦିନ ଆୟତର ସକାଳୁଆ କ୍ଲାସ୍ ଥାଏ। କାରୋନା କଟକଣା ଯୋଗୁଁ ସ୍କୁଲଟି ଦୁଇଟି ସିଫ୍ଟରେ ଚାଲିଥାଏ। ସେ ସ୍କୁଲ୍ ବାହାରି କିଛି ବାଟ ଯାଇଛି କି ନାହିଁ ଦେଖିଲା ରାସ୍ତାକଡ଼ରେ କୁକୁର ଛୁଆଟିଏ କେଁ କେଁ ହେଉଛି। ପାଖ ପାନ ଦୋକାନରେ ସାଇକେଲ ରଖି ଯାଇ ଦେଖେ ତ କୁକୁର ଛୁଆଟିକୁ କେହି ଲହୁଲୁହାଣ କରିଦେଇଛି। ଛୁଆଟିର ଏପରି ଅବସ୍ଥା ଦେଖି ତାକୁ ବହୁତ କଷ୍ଟ ଲାଗିଲା। ଏଇ ସମୟରେ ତା' ସାଙ୍ଗ ମିନା ସେଇ ବାଟଦେଇ ସ୍କୁଲ୍ ଯାଉଥାଏ। ସେ ଆୟତକୁ ଏକୁଟିଆ ଠିଆ ହୋଇଥିବା ଦେଖି ତା' ପାଖକୁ ଗଲା। ରକ୍ତ ଜୁଡୁବୁଡୁ ଅବସ୍ଥାରେ କୁକୁର ଛୁଆଟିକୁ ଆୟତ ତା' ବ୍ୟାଗ୍ ରୁ ବୋତଲ କାଢି ପାଣି ପିଆଉଥାଏ। ମିନା ମଧ୍ୟ ଏଥିରେ ସାହାଯ୍ୟ କଲା। ଏ ଦୃଶ୍ୟ ଦେଖି ସେଇ ବାଟ ଦେଇ ଯାଉଥିବା କିଛି ଯୁବକ ମଧ୍ୟ ଅଟକିଗଲେ। ଆୟତର କଥା ଅନୁସାରେ ସେମାନେ ୧୦୮ ନମ୍ବରକୁ ଫୋନ୍ କଲେ।

ସଙ୍ଗେ ସଙ୍ଗେ ଆମ୍ବୁଲାନ୍ସ ଆସି ପହଞ୍ଚିଗଲା। କୁକୁର ପ୍ରତି ପିଲାଙ୍କ ସେବା ଦେଖି ଆମ୍ବୁଲାନ୍ସ ଡ୍ରାଇଭର୍ ଓ ଫାର୍ମାଶିଷ୍ଟ ଆଶ୍ଚର୍ଯ୍ୟ ହୋଇଗଲେ। ସେମାନେ ଭାବି ନଥିଲେ କି ଦୁର୍ଘଟଣା ଘଟିଥିବା ମୋହନା ଯେ ଏକ କୁକୁରର ନାମ ହୋଇଥିବ। ଡ୍ରାଇଭର୍ ଏଇ ନାମରେ ଫୋନରେ ଆୟତ ସହ କଥା ହୋଇ ନାମ ପଞ୍ଜିକରଣ ପାଇଁ ଫର୍ମ ପୂରଣ କରିଥିଲେ। ଗତ ବର୍ଷକ ଭିତରେ ଆମ୍ବୁଲାନ୍ସ ଗାଡ଼ିରେ ଚିକିତ୍ସିତ ହେବା ପାଇଁ ଯାଉଥିବା ମୋହନା ପରି କୁକୁର ଥିଲା ତାଙ୍କ ଚାକିରି କାଳର ପ୍ରଥମ ରୋଗୀ। ସେଠାରେ ମୋହନାର ଆଶୁ

ଚିକିତ୍ସା କରାଗଲା। ଛୋଟ ଛୋଟ ପିଲାଙ୍କ ଏଭଳି ପ୍ରୟାସକୁ ସେମାନେ ପ୍ରଶଂସା କରୁଥିଲେ। ସେପଟେ ଆୟତ ଓ ମିନା ସ୍କୁଲକୁ ଆସି ନାହାନ୍ତି ବୋଲି ବିବେକାନନ୍ଦ ଶିକ୍ଷାକେନ୍ଦ୍ରର ଗୁରୁମା' ପିଲାଙ୍କ ଘରକୁ ଫୋନ କଲେ। ପିଲାଙ୍କ ଅଭିଭାବକମାନେ ଘାବରେଇ ଯାଇ ସ୍କୁଲକୁ ଆସୁଥିବା ସମୟରେ ବାଟରେ ପାନ ଦୋକାନ ପାଖରେ ଆୟତ ଓ ମିନାର ସାଇକେଲ ଦେଖି ସେମାନେ ଆଶ୍ଚର୍ଯ୍ୟ ହୋଇଗଲେ। ଏଇ ସମୟରେ ଶିକ୍ଷାକେନ୍ଦ୍ରର ଗୁରୁମା'ମାନେ ମଧ୍ୟ ସେଠାରେ ପହଞ୍ଚି ଯାଇଥାନ୍ତି। ପାନ ଦୋକାନୀଠାରୁ ସମସ୍ତ ଘଟଣା ଶୁଣି ସେମାନେ ଡାକ୍ତରଖାନାକୁ ଧାଇଁଲେ। ସେତେବେଳକୁ ପଶୁ ଡାକ୍ତରଖାନାର ଡାକ୍ତର ମଧ୍ୟ ଆସି ମୋହନାର ଚିକିତ୍ସାରେ ଲାଗିଥାନ୍ତି। ମୋହନାର ଗୋଡ଼ ଦୁଇଟି ପ୍ଲାଷ୍ଟର୍ ହୋଇଗଲା। ପିଲା ଓ ଗୁରୁଙ୍କ ପ୍ରଶଂସାରେ ଡାକ୍ତରଖାନାରେ ସମସ୍ତେ ଶତମୁଖ ହେଉଥାନ୍ତି। ଶେଷରେ ଆୟତ ଘରେ ପନ୍ଦର ଦିନ ରହି ମୋହନା ସଂପୂର୍ଣ୍ଣ ସୁସ୍ଥ ହୋଇଗଲା। ହେଲେ ଆୟତ ଓ ମିନାର ସାଥ୍ ଛାଡ଼ିଲା ନାହିଁ। ମୋହନା ଭଳି ସାଥୀଟି ପାଇ ଆୟତ ଓ ମିନା ଗର୍ବରେ ଫାଟି ପଡୁଥିଲେ। ସତେ, ମମତାର ମୂଲ ଅଛି ବୋଲି ମୋହନା ଭଳି ପଶୁମାନେ ମଧ୍ୟ ବୁଝନ୍ତି। ଆମେ ମଣିଷ ମାନେ ଏକଥା କେବେ ବୁଝିବା?

....

"ମମତାର ମୂଲ୍ୟ" ଏହି ଗଳ୍ପଟି ଦୈନିକ ସମ୍ବାଦପତ୍ର ପ୍ରମେୟର ଶିଶୁପୃଷ୍ଠା ପ୍ରଜାପତିରେ ୨୮ ଅଗଷ୍ଟ ୨୦୨୧ରେ ପ୍ରକାଶିତ ହୋଇଛି।

■

ସମୟର ମୂଲ୍ୟ

ସେଦିନ ବିଦ୍ୟାଳୟରେ କୋଳାହଳ ହେଉଥାଏ। ପିଲାମାନଙ୍କ ମଧ୍ୟରେ ଉତ୍ସାହ ଭରି ରହିଥାଏ। ପିଲାମାନଙ୍କ ନଜର ନୋଟିସ୍ ବୋର୍ଡ ଉପରେ ଥାଏ। ଅର୍ଦ୍ଧ ବାର୍ଷିକ ପରୀକ୍ଷା ଫଳ ଆଉ ଅଳ୍ପ ସମୟ ମଧ୍ୟରେ ପ୍ରକାଶ ପାଇବ। କାଜଲର ଛାତି ଧଡ଼ଧଡ଼ ହେଉଥାଏ। ସମସ୍ତ ଗୁରୁଜୀ ଗୁରୁମା' ଓ ସାଙ୍ଗମାନଙ୍କ ଭରସା ତା' ଉପରେ ରହିଛି। ତା'ର ନାମ ଖାଲି ମେରିଟରେ ନୁହେଁ, ଭଲ ଗ୍ରେଡ୍ ରେ ରହିବ। ଠିକ୍ ସମୟରେ ରାମୁ ମଉସା ପରୀକ୍ଷା ଫଳ ଚାର୍ଟ ଆଣି ନୋଟିସ ବୋର୍ଡରେ ମାରିଦେଲେ। ମେରିଟ୍ ଲିଷ୍ଟରେ କାଜଲର ନାମ ନଥିଲା। ସେ ଯାହା ଭାବିଥିଲା ଠିକ୍ ସେଇୟା ହିଁ ହେଲା। ତା' ମୁଣ୍ଡ ଉପରେ ଆକାଶ ଛିଡ଼ି ପଡ଼ିଲା ଭଳି ଲାଗିଲା। ସେ ନିଜକୁ ଏତେ ମାତ୍ରାରେ ଲଜ୍ଜିତ ଅନୁଭବ କରୁଥିଲା ଯେ, ତା' ସାଙ୍ଗମାନଙ୍କ ନମ୍ବର ମଧ୍ୟ ଠିକ୍ ସେ ଦେଖି ପାରିନଥିଲା। ତାକୁ ବିଦ୍ୟାଳୟ ପରିବେଶ କାମୁଡ଼ି ଗୋଡ଼େଇଲା ଭଳି ଲାଗିଲା। ଗୁରୁଜୀ ଗୁରୁମା' ଓ ସାଙ୍ଗମାନେ ଯେପରି ତାକୁ ତାଚ୍ଛଲ୍ୟ କରୁଛନ୍ତି। ସେ ଏମିତି ଭାବିଭାବି କେତେବେଳେଯେ ଘରେ ଆସି ପହଞ୍ଚି ଯାଇଛି ସେକଥା ଜାଣି ପାରିଲା ନାହିଁ। ସିଧା ଘରେ ପଶି ତା'ର ଦୈନନ୍ଦିନ ଡାଏରୀରେ ଏମିତି କିଛି ଲେଖିବାକୁ ଲାଗିଲା। ମୋର ପ୍ରିୟ ବାବା, ମାମା, ଗୁରୁଜୀ, ଗୁରୁମା'ମାନେ ମୋତେ କ୍ଷମା କରିଦେବେ। ଆପଣମାନେ ମୋ ଉପରେ ବହୁତ ଭରସା କରିଥିଲେ। ମୁଁ ଆପଣମାନଙ୍କ ଭରସା ଭାଙ୍ଗି ଦେଇଛି।

ଭଲ ନମ୍ବର ରଖିବା ତ ଦୂରର କଥା ସି ଗ୍ରେଡ୍ ମଧ୍ୟ ରଖି ପାରିନହିଁ। ପ୍ରିୟ ମାମା, ମୋତେ କ୍ଷମା କରି ଦେ, ମୁଁ ତୋ କଥା ନ ମାନି ମନଇଚ୍ଛା ମୋବାଇଲ

ଦେଖିଲି। କାର୍ଟୁନ ଓ ଗେମରେ ସମୟ ନଷ୍ଟ କଲି। ବାବଙ୍କୁ କିପରି ରେଜଲ୍ଟ ଦେଖେଇବି। ପ୍ରିୟ ସାଙ୍ଗମାନେ ମୁଁ ତୁମ୍ଭମାନଙ୍କ ଭଲ ସାଙ୍ଗ ହୋଇ ପାରିଲି ନାହିଁ। ଭଲ ଗ୍ରେଡ଼ ରଖିପାରିଲି ନାହିଁ। ଏମିତି ଡାଏରୀ ଲେଖୁ ଲେଖୁ କାଜଲର ନିଦ ହୋଇଯାଇଛି। କାଜଲର ମା' ତା' ପାଇଁ ଖାଇବା ଥାଳି ନେଇ ଡ୍ରଇଂ ରୁମକୁ ଆସିବା ସମୟରେ ତାଙ୍କ ନଜର ଡାଏରୀ ଉପରେ ପଡ଼ିଲା। କାଜଲ ଶୋଇ ପଡ଼ିଥାଏ। ଡାଏରୀ ପଢି ତା' ମା' ସବୁକଥା ଜାଣି ପାରିଲେ। ସନ୍ଧ୍ୟା ହୋଇ ଯାଇଥାଏ। କାଜଲର ଅନ୍ୟ ସାଙ୍ଗମାନେ ତାକୁ ଦେଖା କରିବାକୁ ତା' ଘରକୁ ଆସିଥାନ୍ତି। ଏଇ ସମୟରେ କାଜଲ ବାବା ମଧ୍ୟ ଅଫିସରୁ ଫେରିଥାନ୍ତି। କାଜଲର ମୁହଁ କାନ୍ଦି କାନ୍ଦି ଲାଲ ପଡ଼ିଯାଇଥାଏ। ସମସ୍ତେ ସାଙ୍ଗ ଏକାଠି ଡ୍ରଇଂରୁମରେ ବସିଥାନ୍ତି। କାଜଲ ବାବା ଡାଏରୀ ପଢିବାକୁ ଲାଗିଲେ। କାଜଲ ସହ ତା'ର ସମସ୍ତ ସାଙ୍ଗ କାନ୍ଦିବାକୁ ଲାଗିଲେ। ସମସ୍ତଙ୍କ ପରୀକ୍ଷାଫଳ ଖରାପ ହୋଇଥିଲା। କାଜଲର ବାବା କହିଲେ- ପିଲାଏ, ତୁମ୍ଭମାନଙ୍କୁ ମାଗଣାରେ ମିଳିଥିବା ଜିନିଷଟି ହେଉଛି "ସମୟ"। ଏହାକୁ ହାସଲ କରିବା ପାଇଁ ତୁମକୁ କିଛି ମୂଲ୍ୟ ଦେବାକୁ ପଡ଼ିନଥାଏ। ତୁମେ ପରିଶ୍ରମ କରି ଏହାକୁ କାର୍ଯ୍ୟରେ ଲଗାଇ ପାରିବ। ତୁମ୍ଭମାନଙ୍କ ପରୀକ୍ଷା ଫଳରୁ ଯାହା ଜଣା ପଡୁଛି, ତୁମ୍ଭେମାନେ ଏପରି କରିନାହଁ। ଏବେ ତୁମ୍ଭେମାନେ ପ୍ରାୟଶ୍ଚିତ କରୁଛ। ଯାହା ଜଣା ପଡୁଛି ତୁମ୍ଭେମାନେ ଏବେ ସମୟର ମୂଲ୍ୟ ବୁଝି ପାରିଲଣି। ସରି ଯାଇଥିବା ଅମୂଲ୍ୟ ସମୟକୁ ତ ତୁମେ ଫେରି ପାଇବ ନାହିଁ। କିନ୍ତୁ ଏହି ସମୟ ତୁମକୁ ଏକ ବିରାଟ ଶିକ୍ଷା ଦେଇଗଲା କି "ସମୟର ମୂଲ୍ୟ ବଡ଼ ଅମୂଲ୍ୟ"। ଆଗକୁ ତୁମର ବାର୍ଷିକ ପରୀକ୍ଷା ରହିଛି। ଏବେଠାରୁ ପରିଶ୍ରମ କର। ଜୀବନରେ ସଫଳ ହେବ।

....

"ସମୟର ମୂଲ୍ୟ" ଗଳ୍ପଟି ଦୈନିକ ସକାଳର ଶିଶୁପୃଷ୍ଠ ସୁମନରେ ୧୮ ସେପ୍ଟେମ୍ବର ୨୦୨୧ ରେ ପ୍ରକାଶିତ ହୋଇଛି।

■

ମାଟିର ମଣିଷ

ବହୁତ ଦିନ ତଳର କଥା କୁମ୍ଭାରଟିଏ ମାଟିରେ କିଛି ଗଢୁଥିଲା। ତା' ହାତ ମାଟିରେ ଭରି ରହିଥିଲା। ତା' ସ୍ତ୍ରୀ ତାକୁ ପଚାରିଲା କ'ଣ ତିଆରି କରୁଛ? କୁମ୍ଭାର ମୁଣ୍ଡଟେକି ଗର୍ବରେ କହିଲା ଚିଲମଟିଏ ଗଢୁଛି। ଆଜିକାଲି ଏହାର ବହୁତ ଚାହିଦା ରହିଛି। ଖୁବ ବିକ୍ରି ହେବ। ସ୍ତ୍ରୀଟି କହିଲା ଚିଲମ କ'ଣ ପାଇଁ ତିଆରି କରୁଛ? ଏହା ଦ୍ୱାରା ସମାଜ ନିଶାଗ୍ରସ୍ତ ହେବ। ପ୍ରବଳ ଖରା ହେଉଛି। ଲୋକମାନେ ଜଳ ପାଇଁ ତହଳ ବିକଳ ହେଉଛନ୍ତି। ମାଠିଆ କି ସୁରେଇ ଗଢ। ସେଗୁଡ଼ିକ ମଧ୍ୟ ବହୁତ ବିକ୍ରି ହେବ। କୁମ୍ଭାର କହିଲା ତୁ ଠିକ କହୁଛୁ।

ସେ ଆଉ ଥରେ ମାଟି ଚକଟିଲା, ସୁରେଇ ଗଢିବା ଆରମ୍ଭ କଲା। ହଠାତ ମାଟି ମଧ୍ୟରୁ ଶବ୍ଦ ଶୁଭିଲା, ଏ ମଣିଷ ! କ'ଣ କରୁଛୁ? ଅନ୍ୟ କିଛି ଗଢୁଥିଲୁ ପରା! ଏବେ ପୁଣି କ'ଣ ଗଢୁଛୁ ? କୁମ୍ଭାରଟି ସ୍ନେହଭରା କଣ୍ଠରେ କହିଲା, ଏବେ ମୋର ଭାବନା ବଦଳି ଗଲା। ମାଟିଟି ମଧ୍ୟ ସମସ୍ୱରରେ କହିଲା, ତୋର ତ ଭାବନା ବଦଳିଗଲା। ତୋର ଏଇ ଭାବନା ଦ୍ୱାରା ମୋର ସାରା ଜୀବନହିଁ ବଦଳିଗଲା। ମୁଁ ଯଦି ଚିଲମ ବନିଥାନ୍ତି, ନିଶାଡ଼ିମାନେ ଏଥିରେ ନିଆଁ ପୁରେଇ ଥାନ୍ତେ। ମୁଁ ଅନ୍ୟମାନଙ୍କ ଜୀବନକୁ ଜଳେଇ ନଷ୍ଟ କରିଥାନ୍ତି। ନିଜେ ସାରା ଜୀବନ ଜଳିଜଳି କାଟିଥାନ୍ତି। ଏବେ ମୁଁ ସୁରେଇ ବନିବି। ଏଥିରେ ଜଳଭରି ରହିବ। ନିଜେ ଥଣ୍ଡା ରହି ଅନ୍ୟମାନଙ୍କୁ ଜଳପାନ କରାଇବି।

ଆମେ ପିଲାମାନେ ମାଟିର ମଣିଷ ଅଟୁ। ଆମ ସମାଜର କୁମ୍ଭାରମାନେ ହେଲେ ଆମର ଶିକ୍ଷକ, ଅଭିଭାବକ, ପରିବାରବର୍ଗ ଓ ସମାଜର ପ୍ରତିଟି

ବ୍ୟକ୍ତିବିଶେଷ ଯେଉଁମାନଙ୍କ ଜୀବନ, ଜୀବିକା ଓ କାର୍ଯ୍ୟକଳାପରେ ଆମେ ପିଲାମାନେ ପ୍ରଭାବିତ ହୋଇଥାଉ। ଆମେ ମାଟି ପିତୁଳାରୁ ଜୀବନ୍ତ ମୂର୍ତ୍ତିରେ ପରିଣତ ହୋଇଥାଉ। ଏ ସମାଜର ମଣିଷମାନେ ଯେଉଁଦିନ ଆମ ପିଲାମାନଙ୍କ ମନକଥା ବୁଝିଯିବେ ସାରା ସଂସାରରେ ସଂସ୍କାର ଆସିଯିବ। ଆମ ପିଲାଙ୍କ ଦୁନିଆ ସହ ସାରା ସଂସାର ହସି ଉଠିବ।

....

"ମାଟିର ମଣିଷ" ଏହି ଗଳ୍ପଟି ଦୈନିକ ସମ୍ବାଦପତ୍ର ପ୍ରମେୟର ଶିଶୁପୃଷ୍ଠା ପ୍ରଜାପତିରେ ୨ ଅକ୍ଟୋବର ୨୦୨୧ରେ ପ୍ରକାଶିତ ହୋଇଛି।

■

ନିରୀହ ଚେହେରା

ଆମ ସ୍କୁଲ ହଷ୍ଟେଲକୁ ଲାଗି ରହିଛି ମିନା ମାଉସୀଙ୍କ ଘର। ସେଦିନ ତାଙ୍କ ଘରୁ ଛୋଟ ପିଲାଟିର କାନ୍ଦ ଶୁଣି ମୁଁ ଝରକାରେ ଅନେଇଲି। `ଦେଖିଲି ପିଲାଟିକୁ ତା' ମାଆ ପିଟିବା ସହ ନିଜେ ମଧ୍ୟ କାନ୍ଦୁଥିଲା। କାରଣ ପଚାରିବାରୁ ମିନା ମାଉସୀ କହିଲେ, ସବୁବେଳେ ସ୍କୁଲକୁ ଡେରିରେ ଯାଉଛି ଓ ଛୁଟି ପରେ ଘରେ ବିଳମ୍ବରେ ପହଞ୍ଚୁଛି। କାରଣ ପଚାରିଲେ କିଛି କହୁନି। ପିଲାଟିର ନିରୀହ ଚେହେରା ଦେଖି ମୋତେ ଦୟା ଆସିଲା। କ୍ଲାସ୍ ସମୟରେ ମୋ ମନ ସେଇ ପିଲାଟି ପାଖରେ ଥିଲା। ଆରଦିନ ସେଇ ପିଲାଟି ଡେରିରେ ସ୍କୁଲ୍ ଯାଉଥିବାର ଦେଖିଲି। ପିଛାକରି ପାଖରେ ଥିବା ସ୍କୁଲକୁ ଗଲି। ଡେରିରେ ପହଞ୍ଚି ଥିବାରୁ ପିଲାଟିକୁ ଶିକ୍ଷକ କଠୋର ଭାବେ ବେତ୍ରାଘାତ କରୁଥିଲେ। ଛୋଟ ପିଲାଟିକୁ କଠୋର ଭାବେ ମାଡ଼ ନ ଦେବା ପାଇଁ ଅନୁରୋଧ କରି କ୍ଲାସକୁ ଫେରିଲି। ପିଲାଟିର ଦୁଇଦିନର ଘଟଣା ମୋ ମନକୁ ବିଚଳିତ କରୁଥାଏ।

ସନ୍ଧ୍ୟାରେ ହଷ୍ଟେଲ୍ କ୍ୟାଣ୍ଟିନ୍ ରେ ପହଞ୍ଚି ସୀମାକୁ ଫୋନକଲି। ସୀମା ଆସି ପହଞ୍ଚିଗଲା। ମଙ୍ଗୁ ମଉସା ଚା' କପ୍ ବଢେଇଦେଲେ। ପିଇବା ସମୟରେ ମୋତେ ଅନ୍ୟମନସ୍କ ଥିବାର ଲକ୍ଷ୍ୟ କରି ସୀମା ପଚାରିବାରୁ ମୁଁ ସେଇ ପିଲାଟିର ଘଟଣା ସବୁ କହିଲି। ଚା'ଟେବୁଲରେ ଆମର ଆଲୋଚନା ହେଲା। ଆମେ ସାହାଯ୍ୟ କରିବା ଉଚିତ୍। ସେଦିନ ସୀମା ସେଇ ପିଲାଟିର ଗତିବିଧି ଜାଣିବା ପାଇଁ ତା' ମାଆ ଓ ଶ୍ରେଣୀ ଶିକ୍ଷକଙ୍କୁ ଭେଟିଲା। ଯୋଜନା ଅନୁସାରେ ତା' ଅଜାଣତରେ ଆମେ ସମସ୍ତେ ତାକୁ ପିଛା କଲୁ। ପିଲାଟି ଜଣେ ପରିବା ଦୋକାନୀ ପାଖରେ

ପହଞ୍ଚି ପାଖାପାଖି ୨୦ ରୁ ୩୦ଟି ପରିବା ବନ୍ଧା ଛୋଟଛୋଟ ପ୍ୟାକେଟ୍ ନେଇ ସାଇକେଲରେ ଆଗକୁ ବଢିଲା। ଆମେ ଏସବୁ ଦୃଶ୍ୟ ଦେଖି ଆଶ୍ଚର୍ଯ୍ୟ ହୋଇଗଲୁ। ପରିବାଦୋକାନୀକୁ ପଚାରିବାରୁ ନିଜକୁ ସେଇ ପିଲାର ବାପାଙ୍କ ବନ୍ଧୁବୋଲି ପରିଚୟ ଦେଲେ। ତା' ବାପାଙ୍କ ମୃତ୍ୟୁ ପରେ ପରିବାରର ଖରାପ ପରିସ୍ଥିତି ବିଷୟରେ ପିଲାଠାରୁ ଜାଣିବାକୁ ପାଇଲି। ଏଇ ପାଖ କଲୋନୀରେ ୩୦ ପରିବାର ରହୁଛନ୍ତି। ମୁଁ ସୋସାଇଟିର ମ୍ୟାନେଜରଙ୍କ ସହ କଥା ହୋଇ ସକାଳ ନଅଟା ଓ ସନ୍ଧ୍ୟା ସାଢେ ଚାରିଟା ସମୟରେ ପରିବା ହୋମ ଡେଲିଭରି କାମରେ ତା'ପାଇଁ ଦୈନିକ ମଜୁରୀରେ କାମର ବ୍ୟବସ୍ଥା କରିଛି। ଦିନକୁ ଘଣ୍ଟେ ବା ଦେଢଘଣ୍ଟା ପାର୍ଟଟାଇମ୍ କାମ କରି ସ୍କୁଲ ଯାଏ। ପରିବା ଦୋକାନିଠୁ ଏସବୁ ଖବର ପାଇ ଆମ ମୁହଁରେ କୌଣସି ପ୍ରଶ୍ନ ହିଁ ନଥିଲା। ଆରଦିନ ସନ୍ଧ୍ୟାରେ ପିଲାଟିର ମାଆ ଓ ଶିକ୍ଷକ ଆମ ନିମନ୍ତ୍ରଣ ରକ୍ଷାକରି ହଷ୍ଟେଲ୍ କ୍ୟାଣ୍ଟିନରେ ଏକାଠି ହେଲେ। ଚା'ର ଆସର ମଧ୍ୟରେ ଶିକ୍ଷକ କହିଲେ ପିଲେ, କେବଳ ବଡ଼ମାନେ ନୁହଁନ୍ତି, ସାନମାନେ ମଧ୍ୟ ଧରମା ସାଜି ସମସ୍ୟାର ସମାଧାନ କରି ପାରନ୍ତି।

....

"ନିରୀହ ଚେହେରା" ଏହି ଗଳ୍ପଟି ଦୈନିକ ସମ୍ବାଦପତ୍ର ପ୍ରମେୟର ପ୍ରଜାପତି ଶିଶୁପୃଷ୍ଠାରେ ୨୩ ଅକ୍ଟୋବର ୨୦୨୧ରେ ପ୍ରକାଶିତ ହୋଇଛି।

■

ମଧୁ ଓ ମହୁମାଛି

ସେଦିନ ଖାଇବା ଛୁଟି ସମୟରେ ସାର୍ ମଧୁ ଓ ତା'ର ଦୁଇଜଣ ସାଙ୍ଗଙ୍କୁ ଖୋଜୁଥିଲେ। ସେମାନେ ସ୍କୁଲ୍ ଆସିଥିଲେ କିନ୍ତୁ ବିଦ୍ୟାଳୟର ମଧ୍ୟାହ୍ନ ଭୋଜନ ସମୟରେ ଅନୁପସ୍ଥିତ ଥିଲେ। ଏଇ ସମୟରେ ଦୁଇଜଣ ସାଙ୍ଗ ଧଇଁସଇଁ ହୋଇ ଆସି ସାରଙ୍କୁ କହିଲେ ମଧୁକୁ ଜଙ୍ଗଲି ମହୁମାଛି ଦଂଶନ କରିଛନ୍ତି। ସେ ଜଙ୍ଗଲରେ ବେହୋସ ହୋଇ ପଡ଼ିଛି। ସେମାନେ ଜଙ୍ଗଲ ରାସ୍ତା ଦେଇ ସ୍କୁଲ ଆସିଲା ବେଳେ ମହୁମାଛି ବସା ଦେଖିଥିଲେ। ମହୁ ସଂଗ୍ରହ ଲୋଭରେ ସେଠିକି ଯାଇଥିଲେ। ଏକଥା ଶୁଣି ଶିକ୍ଷକ ବ୍ୟସ୍ତ ହୋଇ ପଡ଼ିଲେ। ସଙ୍ଗେ ସଙ୍ଗେ ଗାଁର କିଛି ବଡ଼ ପିଲାଙ୍କୁ ଧରି ମଧୁକୁ ଖୋଜିବାକୁ ବାହାରି ପଡ଼ିଲେ। ଜଙ୍ଗଲ ମଝିରେ ମଧୁ ଏକା ପଡ଼ି ରହିଥିଲା। ପିଲାମାନେ ସଙ୍ଗେ ସଙ୍ଗେ ମଧୁକୁ ଆହତ ଓ ଅଚେତ ଅବସ୍ଥାରେ ଉଦ୍ଧାର କରି ଗାଁ ଡାକ୍ତରଖାନାକୁ ନେଇଗଲେ। ତିନି ଦିନ ଡାକ୍ତରଖାନାରେ ରହିବା ପରେ ମଧୁ ସୁସ୍ଥ ହୋଇ ସ୍କୁଲକୁ ଆସିଲା। ମହୁ ସଂଗ୍ରହ ଲୋଭରେ ତା'ର ସାଙ୍ଗମାନେ ତାକୁ ଅସହାୟ ଅବସ୍ଥାରେ ଜଙ୍ଗଲରେ ଛାଡ଼ି ଆସିବେ, ଏ କଥା ସେ କେବେବି ସ୍ୱପ୍ନରେ ଭାବି ନଥିଲା।

ମଧୁକଥା ଶୁଣି ଶିକ୍ଷକ ମଧୁସହ ଶ୍ରେଣୀର ସବୁ ପିଲାଙ୍କୁ କହିଲେ, "ପିଲାମାନେ, ସବୁକାମ ମଣିଷ ପାଇଁ ସେତେବେଳେ ସହଜ ହୋଇଥାଏ ଯେତେବେଳେ ସେ ସେଇ କାମ ପାଇଁ ତାଲିମ ହାସଲ କରିଥାଏ। ବିନା ତାଲିମରେ ସେ କାମ କଲେ ଆମକୁ ମଧୁଭଳି ବିପଦର ସମ୍ମୁଖୀନ ହେବାକୁ ପଡ଼ିପାରେ। ଆଉ ଏଥିପାଇଁ ଜୀବନ ଚାଲିଯିବାର ମଧ୍ୟ ସମ୍ଭାବନା ରହିଛି। ମହୁ

ସଂଗ୍ରହ ଓ ମହୁମାଛି ପାଳନ ପାଇଁ ମଧ୍ୟ ତାଲିମ ପ୍ରଦାନ କରାଯାଉଛି। ମଧୁ ଓ ତା' ସାଙ୍ଗ ପିଲାମାନଙ୍କ ମହୁମାଛି ପ୍ରତି ଆଗ୍ରହ ଦେଖି ମୁଁ ବହୁତ ଖୁସି। ଆଗାମୀ ଦିନରେ ସେମାନେ ବଡ଼ ହୋଇ ଏସବୁ ବିଷୟରେ କୃଷି ବିଶ୍ୱବିଦ୍ୟାଳୟରୁ ଅଧିକ ତାଲିମ ନେଇ ଜୀବନରେ ସଫଳ ହୁଅନ୍ତୁ। ମଧୁ ବିଷୟରେ ତା'ର ସାଙ୍ଗମାନେ ଠିକ୍ ସମୟରେ ଆମକୁ ଖବର ଦେଇଥିବାରୁ ମଧୁର ଉଚିତ ଚିକିତ୍ସା ସମ୍ଭବ ହୋଇ ପାରିବା ସହ ତା'ର ଜୀବନ ରକ୍ଷା ହୋଇ ପାରିଲା।

ବିପଦରୁ ଉଦ୍ଧାର କରିଥିବା ବନ୍ଧୁ ହିଁ ପ୍ରକୃତ ବନ୍ଧୁ। ମଧୁ, ସାର୍ ଙ୍କ ମୁହଁରୁ ଏସବୁ କଥା ଶୁଣି ତା'ର ସାଙ୍ଗମାନଙ୍କ ପ୍ରତି ଥିବା ଖରାପ ଭାବନା ମନରୁ ଦୂରେଇ ଗଲା। ଶ୍ରେଣୀର ସମସ୍ତ ପିଲା ଶପଥ ନେଲେ ଏଣିକି ସ୍କୁଲରେ ବା ଘରେ ଥିବା ସମୟରେ ଗୁରୁଜନଙ୍କ ବିନା ଅନୁମତିରେ ଅନ୍ୟ କେଉଁଆଡ଼େ ଯିବେନାହିଁ।

....

" ମଧୁ ଓ ମହୁମାଛି " ଏହି ଗଳ୍ପଟି ସମ୍ବାଦର ଫୁଲଝରି ଶିଶୁ ପୃଷ୍ଠାରେ ୨୩ ଅକ୍ଟୋବର ୨୦୨୧ ରେ ପ୍ରକାଶିତ ହୋଇଛି।

∎

ଟିକି ଚଢେଇ

ଥରେ ଜଙ୍ଗଲରେ ନିଆଁ ଲାଗିଗଲା। ଜଙ୍ଗଲର ସମସ୍ତ ପଶୁପକ୍ଷୀ ନିଜ ଜୀବନ ବଞ୍ଚେଇବା ପାଇଁ ବିଲଆଡ଼କୁ ଦୌଡ଼ିବାକୁ ଲାଗିଲେ। ସମସ୍ତେ ଦେଖଣାହାରି ସାଜି ନିଜର ପ୍ରିୟ ବାସସ୍ଥାନକୁ ଜଳୁଥିବା ଦେଖୁଥିଲେ। ଏଥିରେ ବାଘ, ଭାଲୁ ଓ ହାତୀଠାରୁ ଆରମ୍ଭକରି ସମସ୍ତ ପକ୍ଷୀମାନେ ମଧ୍ୟ ରହିଥିଲେ। ଏଇ ସମୟରେ କୋଇଲିଟି ନିଜ କୁନି ଥଣ୍ଟରେ ପାଖ ଝରଣାରୁ କିଛି କିଛି ପାଣି ନେଇ ନିଆଁ ଲିଭାଇବାକୁ ଚେଷ୍ଟା କରୁଥିଲା। ଏହି ଦୃଶ୍ୟଦେଖି ଜଙ୍ଗଲର ଜନ୍ତୁମାନେ କୋଇଲିକୁ ଥଟ୍ଟା କରିବା ଆରମ୍ଭ କରିଦେଲେ। ହାତୀ ମୁହଁରୁ ବାହାରି ପଡ଼ିଲା, ତୋର ଏଇ ଟୋପେ ଦୁଇଟୋପା ଜଳରେ କ'ଣ ଜଙ୍ଗଲର ନିଆଁ ଥମିଯିବ? କାହିଁକି ସେ ବୃଥା ଚେଷ୍ଟା କରୁଛୁ! ଲୋକହସା ହେବା ହିଁ ସାର। କୋଇଲି କୋମଳ ସ୍ୱରରେ କହିଲା ଗଜରାଜ! ମୁଁ ଜାଣିଛି, ପାଣିରେ ହିଁ ନିଆଁ ଥମିଥାଏ। ତେଣୁ ମୁଁ ଜଙ୍ଗଲର ଗଛଲତା ଉପରେ ପାଣି ଢାଳିବା କାମ କରୁଛି।

ମୋର ତ ତୁମ ଭଳିଆ ଶୁଣ୍ଢ ନାହିଁ ଯେ ଏକା ଥରକେ ପାଣି ଆଣି ବହୁତ ଗଛକୁ ନିଆଁ ଦାଉରୁ ରକ୍ଷା କରି ପାରିବି। କାଲି ଯେତେବେଳେ ଏ ମଣିଷ ଜାତି ଜଙ୍ଗଲରେ ନିଆଁ ଲାଗିବାର ଇତିହାସ ଲେଖିବ, ନିଆଁ ଲିଭେଇବାର ପ୍ରୟାସରେ ଆମ ଟିକି ଚଢେଇମାନଙ୍କ ନାମ ଲେଖା ହୋଇ ରହିବ। ମଣିଷର ପର ପିଢି ଏହି କାହାଣୀକୁ ପଢି ଜାଣିବ ଯେ ଜଙ୍ଗଲରେ ହାତୀ ଭଳି ବିରାଟ ଜୀବ ଥାଉ ଥାଉ ନିଆଁ ଲିଭାଇବାର କୌଣସି ଚେଷ୍ଟା କଲେ ନାହିଁ। ଯାହା ଫଳରେ ଜଙ୍ଗଲରେ ଥିବା ଜୀବଜନ୍ତୁ ଲୋପ ପାଇଗଲେ। ସେମାନେ ଏଥିପାଇଁ ଆମଭଳି ଟିକି

ଚଢେଇମାନଙ୍କ ପାଣି ଢାଳିବାର ଛୋଟ ପ୍ରୟାସକୁ ପ୍ରଶଂସା କରିବେ, ତୁମ ଭଳି ନିନ୍ଦିବେ ନାହିଁ। ଇତିହାସର ସ୍ୱର୍ଣ୍ଣାକ୍ଷରରେ ଆମ କୋଇଲି ଜାତିର ପ୍ରଚେଷ୍ଟା ସବୁଦିନ ପାଇଁ ଲେଖା ହୋଇ ରହିବ। କୋଇଲିର ଏଇ କଥା ଗଜରାଜଙ୍କ ମନକୁ ପାଇଲା। ସେ ସେଇ ବିଲରେ ଥାଇ ହାତୀ ଭାଇମାନଙ୍କୁ ଡାକିବା ପାଇଁ ଗର୍ଜନ ଛାଡ଼ିଲା। ଚାହୁଁ ଚାହୁଁ ଛୋଟ ବଡ଼ ମିଶି ହଜାରରୁ ଅଧିକ ହାତୀ ଆସି ପହଞ୍ଚିଗଲେ। ସମସ୍ତେ ପାହାଡ଼ ତଳ ପାଖ ଝରଣାରୁ ଶୁଣ୍ଢରେ ପାଣି ଆଣି ପିଚକାରୀ ମାରି ଗଛ ଉପରେ ପକାଇବାକୁ ଲାଗିଲେ। ଚାହୁଁ ଚାହୁଁ ଜଙ୍ଗଲରୁ ନିଆଁ ଲିଭିଗଲା। ଜଙ୍ଗଲର ସମସ୍ତ ପଶୁପକ୍ଷୀ କୋଇଲିର ପ୍ରଶଂସା କଲେ ଓ ଗଜରାଜଙ୍କ ଜୟଗାନ କଲେ।

....

"ଟିକି ଚଢେଇ" ଏହି ଗଳ୍ପଟି ସମ୍ବାଦର ଫୁଲଝରି ଶିଶୁପୃଷ୍ଠାରେ ୬ ନଭେମ୍ବର ୨୦୨୧ରେ ପ୍ରକାଶିତ ହୋଇଛି।

■

ମିନା ମଞ୍ଚ

ଗାଁଟିର ନାଁ ରତନପୁର। ଶେଷ ମୁଣ୍ଡରେ ଥିବା ପାହଡ଼ଟିର ପାଦ ଦେଶରେ ସ୍କୁଲ୍ ଟିଏ। ଲକଡାଉନର ଦେଢବର୍ଷ ପରେ ସ୍କୁଲଟି ଖୋଲିଥିଲା। ଛୋଟଛୋଟ ପିଲାଙ୍କ କୋଳାହଳରେ ବିଦ୍ୟାଳୟ ପରିବେଶ ହସି ଉଠିଲା। ଲଣ୍ଡା ପାହାଡ଼ଟି ପଥରରେ ପରିପୂର୍ଣ୍ଣ ଥିବାରୁ ଖେଳାଖେଳିରେ ପିଲାମାନଙ୍କୁ ଅସୁବିଧା ହେଉଥିଲା। ରତ୍ନ ମଞ୍ଜୁଳାର ଉଦ୍ୟମରେ ସ୍କୁଲର ଝିଅ ପିଲାମାନଙ୍କୁ ନେଇ ମିନାମଞ୍ଚ ନାମରେ ଏକ ସଂଗଠନ ଗଢାହେଲା। ବିଦ୍ୟାଳୟ ବହୁତଦିନ ବନ୍ଦ ରହିବା ଫଳରେ ଅନେକ ଝିଅ କେନ୍ଦୁପତ୍ର ତୋଳିବା, ମହୁଲଫୁଲ ସଂଗ୍ରହ କରିବା ଆଦି କାମରେ ନିୟୋଜିତ ହୋଇ ଯାଇଥିଲେ। ମିନାମଞ୍ଚ ମାଧ୍ୟମରେ ଗାଁର ମୁଖିଆକୁ ଅନୁରୋଧ କରାଯାଇ ବାଦ୍ୟଯନ୍ତ୍ର ବିଦ୍ୟାଳୟ ପାଇଁ ସଂଗ୍ରହ କରାଯାଇଥିଲା।

ଗାଁର ସମସ୍ତ ଝିଅ ପାଠପଢିବା ସହ ଆଦିବାସୀମାନେ ଶିକ୍ଷିତ ହୁଅନ୍ତୁ। ଆଦିବାସୀ ସଂସ୍କୃତିର ପ୍ରସାରଣ ହେଉ, ଏହା ଥିଲା ରତ୍ନମଞ୍ଜୁଳାର ସ୍ୱପ୍ନ। ସେଦିନ ପ୍ରାର୍ଥନା ପରେ ପୂର୍ବ ଯୋଜନା ଅନୁସାରେ ସମସ୍ତ ଶିକ୍ଷକ ଓ ପିଲାମାନଙ୍କ ମଧ୍ୟରେ ଶିକ୍ଷାର ସଚେତନତା ପାଇଁ ଜଙ୍ଗଲ ମଧ୍ୟରେ ଢୋଲ ଓ ତୁରୀ ବଜାଇ ଝିଅ ପିଲାଙ୍କ ନାଚଗୀତର ତାଳେତାଳେ ଆଗକୁ ବଢିଲେ। ମହୁଲ ଫୁଲ ସଂଗ୍ରହ କରୁଥିବା ଝିଅଙ୍କ କାନରେ ବାଜା ଶବ୍ଦ ପଡ଼ିବା କ୍ଷଣି ଜଙ୍ଗଲର ଏକ ଖୋଲା ଜାଗାରେ ଏକାଠି ହୋଇଗଲେ। ସମସ୍ତେ ଆସି ସ୍କୁଲରେ ପହଞ୍ଚିଲେ। ଗାଁ ମୁଖିଆ ମାନଙ୍କ ସହ କିଛି ପଥର କାରିଗର ବିଦ୍ୟାଳୟରେ ପହଞ୍ଚିଗଲେ। ବିଦ୍ୟାଳୟରେ ସାର୍ ଗୁରୁମା'ଙ୍କ ସହ ଝିଅପିଲାଙ୍କୁ ଦେଖି ସମସ୍ତେ ଖୁସି ହୋଇଗଲେ।

ମଧ୍ୟାହ୍ନ ଭୋଜନ ପରେ ସଭାଟିଏ ଆୟୋଜନ କରାଗଲା। ସଭାରେ ରତ୍ନମଞ୍ଜୁଳା ଆଦିବାସୀଙ୍କୁ ସାରା ଦୁନିଆକୁ ନିଜ ସଂସ୍କୃତିର ପ୍ରଚାର, ପ୍ରସାର, ଆଦିବାସୀ ନାଚଗୀତର ଆସର ଓ ପ୍ରକୃତିପ୍ରେମୀ ପର୍ବ ବିଷୟରେ ଜଣାଇବା ସହ ନାରୀଶିକ୍ଷାର ଆବଶ୍ୟକତା ରହିଛି ବୋଲି ବୁଝାଇଲା। ତା' ସହ ପାହାଡ଼ ଓ ବିଦ୍ୟାଳୟ ପରିସରରେ ରହିଥିବା ଅର୍ଦ୍ଧଗୋଲାକାର ପଥରକୁ କାଟି ବୀର୍ସାମୁଣ୍ଡା, ଗାନ୍ଧୀଜୀ ଆଦି ମହାପୁରୁଷଙ୍କ ମୂର୍ତ୍ତି ସ୍ଥାପନ କରିବା ଓ ଟାଙ୍ଗରା ଭୂଇଁରେ ମାଟି ପକାଇ ସବୁଜିମା ସୃଷ୍ଟି କରିବା, ଝରଣାର ପାଣିକୁ ପାଇପ୍ ଦ୍ୱାରା ସ୍କୁଲ୍ ପରିସର ପର୍ଯ୍ୟନ୍ତ ଆଣିବା ବିଷୟରେ ବୁଝାଇଲା। ସମସ୍ତେ ରତ୍ନାର ପ୍ରସ୍ତାବକୁ ଖୁବ୍ ପ୍ରଶଂସା କଲେ।

ଏଥିପାଇଁ ସମସ୍ତେ ମିଳିମିଶି କାମ କରିବେ ବୋଲି ପ୍ରଧାନ ଶିକ୍ଷୟିତ୍ରୀ ପ୍ରତିଶ୍ରୁତି ଦେଲେ। ଲଣ୍ଡା ପାହାଡ଼ରେ ସବୁଜିମା ସୃଷ୍ଟି କରିବା ପାଇଁ ମାଟିରେ ଗୋଲି ତିଆରି କରି ସେଥିରେ ମଞ୍ଜିଭରି ବାଟୁଳି ଖଡ଼ାରେ ପାହାଡ଼ ଉପରେ ନିକ୍ଷେପ କରାଯିବ ବୋଲି ଶପଥ ନେଲେ। ଏତିକିବେଳେ ସ୍ଥାନୀୟ ବିଧାୟକ ଆସି ପହଞ୍ଚିଗଲେ। ବିଧାୟକ ପାଣ୍ଠି ବିନିଯୋଗ କରାଯାଇ ବିଦ୍ୟାଳୟ ପର୍ଯ୍ୟନ୍ତ ପାଇପ୍ ଲାଇନ୍ ସଂଯୋଗ ଖୁବ୍ ଶୀଘ୍ର କରାଯିବ ବୋଲି ମିନାର ପ୍ରସ୍ତାବକୁ ତତ୍ କ୍ଷଣାତ୍ ମଞ୍ଜୁର କଲେ। ବିଧାୟକ ମିନା ମଞ୍ଚ ସଂଗଠନର ପ୍ରୟାସକୁ ଖୁବ୍ ପ୍ରଶଂସା କରିବା ସହ ଆଗାମୀ ଦିନରେ ରାଜ୍ୟର ସମସ୍ତ ବିଦ୍ୟାଳୟରେ ଥିବା ମିନାମଞ୍ଚ ଓ ମିନା କ୍ୟାବିନେଟ୍ ସଂଗଠନକୁ ଅଧିକ କ୍ରିୟାଶୀଳ କରିବା ପାଇଁ ସରକାରଙ୍କୁ ଅନୁରୋଧ କରାଗଲେ ରାଜ୍ୟରେ ବାଳିକା ଶିକ୍ଷାର ପ୍ରସାର ସହଜ ହୋଇପାରିବ ବୋଲି ଘୋଷଣା କଲେ। ଶେଷରେ ମିନାକୁ ସମସ୍ତେ ଉଚ୍ଚ ପ୍ରଶଂସା କରି ସଭା ସମାପ୍ତି କଲେ।

....

"ମିନା ମଞ୍ଚ" ଏହି ଗଳ୍ପଟି ଦୈନିକ ସମ୍ବାଦପତ୍ର 'ପ୍ରମେୟ'ର ପ୍ରଜାପତି ଶିଶୁପୃଷ୍ଠାରେ ୨୦ ନଭେମ୍ବର ୨୦୨୧ରେ ପ୍ରକାଶିତ ହୋଇଛି।

■

ମୀରା ଓ ପର୍ସ

ସେଦିନ ମୀରା ସ୍କୁଲରୁ ଘରକୁ ସାଇକେଲରେ ଫେରୁଥାଏ। ତା' ନଜର ବାଟରେ ପଡ଼ିଥିବା ଏକ ପର୍ସ ଉପରେ ପଡ଼ିଲା। ସାଇକେଲରୁ ଓହ୍ଲାଇ ପର୍ସ ଖୋଲି ଦେଖେତ ସେଥିରେ କିଛି ଟଙ୍କା ରହିଛି। ସେ ବହୁତ ଖୁସି ହୋଇଗଲା। ଗଲା ତିନିମାସ ହେଲା ସେ ତା' ବାବଙ୍କୁ ଜ୍ୟାମିତି ବାକ୍ସ ଓ ଆଟଲାସ୍ ଆଣିବା ପାଇଁ କହିଥିଲା। ବାବା ତା' ପାଇଁ ଏସବୁ ଆଣି ପାରି ନଥିଲେ। ଏଥର ତା'ର ଦୁଃଖ ଦୂର ହେବ। ସେ ମନେ ମନେ ବହୁତ ଖୁସି ହେଉଥିଲା। ହେଲେ ତା'ର ଏ ଖୁସି ବେଶି ସମୟ ରହିଲା ନାହିଁ। ତା' ମନକୁ ପ୍ରଶ୍ନ ଆସିଲା- 'ଯାହାର ଏ ଟଙ୍କା ହଜିଥିବ, ସେ କେତେ ବ୍ୟସ୍ତ ହେଉ ଥିବ!" ସେ ସେମିତି ରାସ୍ତାରେ ଠିଆ ହୋଇ ହଜିଥିବା ପର୍ସ ଫେରାଇବା ପାଇଁ ଲୋକଟିକୁ ଅପେକ୍ଷା କରିବାକୁ ଲାଗିଲା। ଏପଟେ ସେ ଘରେ ଠିକ୍ ସମୟରେ ନ ପହଞ୍ଚିବାରୁ ଘରେ ସମସ୍ତେ ବ୍ୟସ୍ତ ହୋଇ ପଡ଼ିଲେ। ଏଇ ସମୟରେ ତା' ମାମୁଁ ଅଫିସରୁ ଆସି ପହଞ୍ଚିଲେ। ମାମାଠୁ ମୀରା ନ ଆସିବାର ଖବର ପାଇ ସେ ବ୍ୟସ୍ତ ହୋଇ ତାକୁ ଖୋଜିବା ପାଇଁ ବାହାରି ପଡ଼ିଲେ। ହଠାତ୍ ମିରାକୁ ରାସ୍ତାକଡ଼ରେ ପ୍ରବଳ ଖରାରେ ସାଇକେଲ ଧରି ଏକୁଟିଆ ଠିଆ ହୋଇଥିବା ଦେଖି ସେ ଚମକି ପଡ଼ିଲେ। ମୀରା ଦେହରୁ ଗମ୍ ଗମ୍ ଝାଳ ବାହାରୁଥାଏ।

ମାମୁଁଙ୍କୁ ଦେଖି ମୀରା ସବୁ ଘଟଣା କହିଲା। ମାମୁଁ ମନେ ମନେ କହିଲେ- ବିବେକର ପ୍ରଶ୍ନ ଓ ସଂସ୍କାର ଭାବନା ମୀରା ଭଳି ଝିଅକୁ ରାସ୍ତାରେ ଠିଆ ହେବାକୁ ବାଧ୍ୟ କରିଛି। ମାମୁଁଙ୍କ ସହିତ ସେ ଘରେ ଆସି ପହଞ୍ଚିଲା। ରାତିରେ ସମସ୍ତେ

ଖାଇପିଇ ଶୋଇବାକୁ ଗଲେ। ମୀରା ମନ ଜମାରୁ ବୁଝୁନଥିଲା। ମାମୁଁ ସକାଳୁ ଉଠି ଅଫିସକୁ ଚାଲିଗଲେ। ଆର ଦିନ ସକାଳୁଆ ସ୍କୁଲ ଥିଲା। ସେ ସ୍କୁଲକୁ ଗଲା। ପ୍ରାର୍ଥନା ସଭାରେ ପ୍ରଧାନ ଶିକ୍ଷକ ପିଲାମାନଙ୍କୁ କହିଲେ- "ଗତକାଲି ଆମ ସ୍କୁଲର ଜଣେ ଝିଅ ମାଟ୍ରିକ ପରୀକ୍ଷା ଫର୍ମ ପୂରଣ ପାଇଁ ଆସିଥିଲା। ସେ ଟଙ୍କା ଆଣିଥିବା ପର୍ସଟି କେଉଁଠି ହଜାଇ ଦେଇଛି। କାନ୍ଦି କାନ୍ଦି ବହୁତ ମନ ଦୁଃଖକରି ଘରକୁ ଫେରିଛି। ସେ ଫର୍ମ ପୂରଣ କରି ପାରିନାହିଁ। ଆଜି ହେଉଛି ଫର୍ମ ପୂରଣର ଶେଷ ତାରିଖ। ଯଦି କେହି ପିଲା ସେହି ପର୍ସଟି ପାଇଛ, ତେବେ ଏବେ କୁହ। ଏ ଖବର ଶୁଣି ମୀରା ଦେହରେ ଶିହରଣ ସୃଷ୍ଟି ହେଲା। ଏଇ ସମୟରେ ପୁଲିସ ଅଫିସର ପର୍ସରୁ ତା' ସ୍କୁଲର ନାମ ପାଇ ଆସି ପହଞ୍ଚିଗଲେ। ମୀରା ନାମକ ଏଇ ସ୍କୁଲର ଝିଅଟି ଏହି ପର୍ସଟି ତା' ମାମୁଁ ମାଧ୍ୟମରେ ଥାନାକୁ ଫେରେଇଛି। ପୁଲିସ ଅଫିସରଙ୍କ ମୁହଁରୁ ମୀରାର ସଚୋଟପଣିଆ କଥା ଶୁଣି ସମସ୍ତେ ତାଳି ମାରି ତା'ର ପ୍ରଶଂସା କଲେ। ମିରାର ସଚୋଟପଣିଆ ପାଇଁ ତାକୁ ପୁରସ୍କୃତ କରାଗଲା।

....

"ମୀରା ଓ ପର୍ସ" ଗଳ୍ପଟି ଦୈନିକ ସମ୍ବାଦପତ୍ରର ଫୁଲଝରି ଶିଶୁ ପୃଷ୍ଠାରେ ୨୦ ନଭେମ୍ବର ୨୦୨୧ରେ ପ୍ରକାଶିତ ହୋଇଛି।

■

ପୁଲିସବାବୁ

ଆମ ସମସ୍ତଙ୍କ ପାଇଁ ଆଜି ଦିନଟି ଥିଲା ଏଇ ବର୍ଷର ଶେଷ ସ୍କୁଲ ଦିବସ। କାଲିଠୁ ଦଶ ଦିନ ପାଇଁ ସ୍କୁଲ ଛୁଟି। ଖ୍ରୀଷ୍ଟମାସ ବଡ଼ଦିନ ତା'ପରେ ନୂଆ ବର୍ଷ। ଆମେ ସାଙ୍ଗମାନେ ଶ୍ରେଣୀଗୃହରେ ହସଖୁସିରେ ଗପୁଥିବା ସମୟରେ ବିଦ୍ୟାଳୟ ଘଣ୍ଟି ବାଜି ଉଠିଲା। ରାମୁ ମଉସା ଆସି ଛୁଟି ନୋଟିସ ମାରିଲେ। ଆମେ ସାଙ୍ଗମାନେ ପରସ୍ପରକୁ ବିଦାୟ ଜଣେଇ ଘରକୁ ଫେରିଲୁ। ଆମର ପୂର୍ବ ଯୋଜନା ଅନୁସାରେ ଏଇ ଦଶଦିନ ଭୁବନେଶ୍ୱରର ଏକ ଅନାଥ ଆଶ୍ରମର ପିଲାଙ୍କ ସହ ବିତେଇବା ପାଇଁ ମୋ ସାଙ୍ଗ ସଂଗୀତାର ନନା ଆମ ପାଇଁ ବ୍ୟବସ୍ଥା କରିଥିଲେ। ସେଇ ପିଲାଙ୍କ ସହ ଆମ ଦଶଦିନ ଖେଳକୁଦ, ନାଚ, ନନ୍ଦନକାନନ, ସାଇନସ୍ ପାର୍କ, ମ୍ୟୁଜିୟମ୍ ଓ ବଟାନିକାଲ ଗାର୍ଡେନ ବୁଲିବାରେ କଟିଗଲା।

ଶେଷ ଦିନଟି ଥିଲା ଆମ ସମସ୍ତଙ୍କ ଆଶ୍ରମରେ ଭାବ ଆଦାନ ପ୍ରଦାନର ଦିବସ। ଏଇ ଦଶଦିନକୁ ଆମେ ଖୁବ ଉପଭୋଗ କଲୁ। ୟା' ଭିତରେ ମୋର ଝରା ନାମକ ଝିଅଟି ସହ ଖୁବ ବନ୍ଧୁତା ବଢିଗଲା। ଶେଷ ରଜନୀରେ ସେ ମୋତେ କହିଲା- ସାଙ୍ଗ, ମୁଁ ମା' ଛେଉଣ୍ଡ ପିଲା। ବାପା ମୋର ଏକ କମ୍ପାନୀରେ ଚାକିରୀ କରୁଥିଲେ। ସେତେବେଳେ ମୁଁ ୧୦ ବର୍ଷର ଥାଏ। ବାପା ତାଙ୍କ କାରରେ ସିଟ୍ ବେଲଟ୍ ନପିନ୍ଧି ଗାଡ଼ି ଚଳାଉ ଥିବାରୁ ଟ୍ରାଫିକ୍ ପୁଲିସ୍ ତାଙ୍କୁ ଅଟକେଇ ଚାଲାଣ କାଟିବା ପାଇଁ କହିଲେ। ମୁଁ ମଧ୍ୟ ସେଇ କାରରେ ବସିଥାଏ। ବାପା ଚାଲାଣ କାଟିବାକୁ ନାରାଜ୍। ବାପାଙ୍କ ମୁଣ୍ଡକୁ କୁବୁଦ୍ଧି ଆସିଲା। କାରରେ ଥିବା ସିସିଟିଭି କ୍ୟାମେରାକୁ ଅନ୍ କରି ସେ ଟ୍ରାଫିକ୍ ପୁଲିସକୁ ଦୁଇ ହଜାର ଟଙ୍କାଦେଇ ଦ୍ରୁତଗତିରେ ଗାଡ଼ି ନେଇ ପଳାଇଲେ। ଟ୍ରାଫିକ୍ ପୁଲିସ ତାଙ୍କ ନାମ ଜାଣି ନଥିବାରୁ ଟଙ୍କା ରଖି ମଧ୍ୟ ଚାଲାଣ କାଟି ପାରିଲାନି।

ସେପଟେ ବାପାଙ୍କ ଠାରୁ ଦୁଇହଜାର ଟଙ୍କା ଲାଞ୍ଚ ନେଇ ଟ୍ରାଫିକ୍ ପୁଲିସ ତାଙ୍କୁ ଛାଡ଼ିଛି ବୋଲି ବାପା ଫେସବୁକରେ ଭିଡ଼ିଓ ଭାଇରାଲ୍ କଲେ, ଯାହା ଫଳରେ ଉକ୍ତ ପୁଲିସବାବୁଙ୍କୁ ଗୃହବିଭାଗ ସସପେଣ୍ଡ କରିଦେଲା।

ଏମିତି କିଛିଦିନ ବିତିଗଲା। ଦିନେ ବାପା ଦ୍ରୁତଗତିରେ ଗାଡ଼ି ଚଳାଉ ଥିବା ସମୟରେ ଏହି ଘଟଣାଟିକୁ ତାଙ୍କ ଜଣେ ବନ୍ଧୁଙ୍କୁ ଫୋନରେ କହୁଥିବା ସମୟରେ ଅନ୍ୟମନସ୍କ ହୋଇ ଭୟଙ୍କର ଦୁର୍ଘଟଣାର ଶିକାର ହେଲେ। ଏହି ଗାଡ଼ିରେ ମଧ୍ୟ ମୁଁ ଥିଲି। ଗାଡ଼ିର ବେଗ କମ୍ କରିବାକୁ ମୁଁ ଯେତେ କହୁଥିଲେବି ବାପା ଶୁଣି ନଥିଲେ। ଆମ ଗାଡ଼ିଟି ସେଇ ଦୁର୍ଘଟଣାରେ ସମ୍ପୂର୍ଣ୍ଣ ଚୂରମାର ହୋଇ ଯାଇଥିଲା। ଦେଖଣାହାରୀ ଆମ୍ଭମାନଙ୍କ ଭିଡ଼ିଓ ଉତ୍ତୋଳନ କରୁଥିଲେ। କିନ୍ତୁ ଦେବଦୂତ ଭାବେ ଯେଉଁ ବ୍ୟକ୍ତି ଜଣକ ଆମକୁ ଉଦ୍ଧାର କରି ଡାକ୍ତରଖାନାରେ ଭର୍ତ୍ତି କରିଥିଲେ, ସେ ସେଇ ଚାକିରି ହରାଇଥିବା ଟ୍ରାଫିକ ପୁଲିସ୍ ଥିଲେ। ବାଟରେ ବାପା ତାଙ୍କ ଭୁଲ ପାଇଁ ସେଇ ପୁଲିସବାବୁଙ୍କୁ କ୍ଷମା ମାଗିବା ସହ ମୋତେ(ଝରା) ବଞ୍ଚେଇବା ପାଇଁ ଅନୁରୋଧ କରୁଥିଲେ। ମୁଁ ବଞ୍ଚିଗଲି ହେଲେ ବାପା ସବୁଦିନ ପାଇଁ ଆରପାରିକୁ ଚାଲିଗଲେ। ବାପାଙ୍କ ମୃତ୍ୟୁକାଳୀନ ଜବାନବନ୍ଦୀ ପରେ ସେଇ ପୁଲିସବାବୁ ତାଙ୍କ ଚାକିରୀ ଫେରି ପାଇଲେ। ମୁଁ କିନ୍ତୁ ସମ୍ପୂର୍ଣ୍ଣ ଭାବେ ଅନାଥ ହୋଇଗଲି। ସେଇ ପୁଲିସ ଅଙ୍କଲଙ୍କ ସାହାଯ୍ୟ କ୍ରମେ ମୁଁ ଏଇ ଅନାଥ ଆଶ୍ରମରେ ରହିଛି।

ଏତିକି କହି ଝରା ଚୁପ ହୋଇଗଲା। ସମୟସହ ସବୁ କିଛି ଠିକ ହୋଇଯିବ କହି ମୁଁ ତାକୁ ଆଶ୍ୱାସନା ଦେଲି ସତ କିନ୍ତୁ ସାରା ରାତି ସେଇ କଥା ଭାବୁଥିଲି କେତେ ମହାନ ହୃଦୟର ବ୍ୟକ୍ତି ସେଇ ପୁଲିସବାବୁ।

....

"ପୁଲିସବାବୁ"- ଏହି ଗଳ୍ପଟି ଷ୍ଟୋରିମିରର୍ ପ୍ଲାଟଫର୍ମରେ ନଭେମ୍ବର ମାସରେ ପ୍ରକାଶ ପାଇଛି।

■

ଇକୋ ଆମ୍ବୁଲାନସ୍

କିଛି ପରିକଳ୍ପନା ଆମକୁ ଅଜବ ଲାଗିପାରେ କିନ୍ତୁ ସେଥିରେ ବାସ୍ତବତା ଭରି ରହିଛି। ଏଇ କିଛି ଦିନ ତଳେ ଲିଜା ତା ସାଙ୍ଗ ପୂଜାକୁ କହିଲା, କି ପଶୁପକ୍ଷୀ ଓ ମଣିଷମାନଙ୍କ ସୁରକ୍ଷା ପାଇଁ ଡାକ୍ତରଖାନା ସବୁ ରହିଛି। ବୃକ୍ଷଲତା ଗୁଡ଼ିକର ସୁରକ୍ଷା ଓ ଯତ୍ନ ପାଇଁ ଏମିତି କିଛି ମେଡ଼ିକାଲର ବ୍ୟବସ୍ଥା ହେଲେ ଏ ପୃଥିବୀ ପୁନଶ୍ଚ ହସି ଉଠନ୍ତା। ଏ ବିଷୟରେ ଅଧିକ ଜାଣିବା ପାଇଁ ସେମାନେ ଗୁଗୁଲ୍ ରେ ବହୁତ ସର୍ଚ କଲେ। ସେମାନେ ଜାଣିବାକୁ ପାଇଲେ ପରିବେଶରେ ପ୍ଲାଷ୍ଟିକର ବହୁଳ ବ୍ୟବହାର ଯୋଗୁଁ ପ୍ରଦୁଷଣ ଦିନକୁ ଦିନ ବଢି ଚାଲିଛି। ତେଣୁ ସେମାନେ ବ୍ୟବହୃତ ଜିନିଷ ଗୁଡ଼ିକର ବିକଳ୍ପ ବ୍ୟବହାର କରି ସହରର ପ୍ରଦୂଷଣକୁ କିଛି ମାତ୍ରାରେ ରୋକିବାର ପ୍ରୟାସ କଲେ।

ଏଥିପାଇଁ ସେମାନେ ସହରର ବିଭିନ୍ନ ହୋଟେଲରୁ ଖାଲି ପଡ଼ିଥିବା ପ୍ଲାଷ୍ଟିକ୍ ବୋତଲ ସଂଗ୍ରହ କଲେ। ସେମାନଙ୍କ ସ୍କୁଲ ପାଚେରୀର ଦୁଇମୁଣ୍ଡ ଓ ମଝିରେ ଖୁଣ୍ଟ ପୋତିଲେ। ବିଦ୍ୟୁତ୍ ବିଭାଗସହ ଯୋଗାଯୋଗ କରି ସେଠାରୁ କିଛି ଅଦରକାରୀ ଆଲୁମିନିୟମ୍ ତାର ସଂଗ୍ରହ କରି ପାଚେରୀରେ ତାରବାଡ଼ ଲଗେଇଲେ। ପ୍ରତି ପ୍ଲାଷ୍ଟିକ୍ ବୋତଲର ତଳପଟ ସାମାନ୍ୟ କଣାକରି ଏଗୁଡ଼ିକୁ ଉପର ତଳ କରି ସିଧା ରଖି ଆଲୁମିନିୟମ୍ ତାରରେ ବାନ୍ଧିଦେଲେ। ଏହିପରି ଉପର ତଳ ଧାଡ଼ି ଧାଡ଼ି କରି ପାଖାପାଖି ପାଞ୍ଚଶହ ପ୍ଲାଷ୍ଟିକ୍ ବୋତଲ ସଜେଇଲେ। ପ୍ରତି ବୋତଲର ସାମନାପଟ ଅଳ୍ପ କାଟି ସେଇସବୁ ବୋତଲ ଗୁଡ଼ିକରେ କିଛି ମାଟି ପକେଇ ଛୋଟ ଛୋଟ ଲଟା ଜାତୀୟ ଗଛ ଲଗେଇଲେ।

ସେମାନେ ବଜାରରୁ ସ୍ୱଚ୍ଛ ସାଲାଇନ ପାଇପ ଆଣି ଏଥିରେ ସଂଯୋଗକରି ବୁନ୍ଦା ଜଳସେଚନର ବ୍ୟବସ୍ଥା କଲେ। ଏହିପରି ଭାବରେ ସେମାନେ ନବେ ପ୍ରତିଶତରୁ ଅଧିକ ଜଳ ସଂରକ୍ଷଣ କରି ପାରିଲେ।

ଗଛ ଗୁଡ଼ିକର ଯତ୍ନ ନେବା ପାଇଁ ସେମାନେ ସ୍କୁଲର ବିଜ୍ଞାନ ଶିକ୍ଷକଙ୍କ ସହଯୋଗରେ କିଛି ସ୍ୱେଚ୍ଛାସେବୀ ସଂଗଠନ ଗୁଡ଼ିକ ସହ ଯୋଗାଯୋଗ କରିବା ପରେ ସଂଗଠନର ସ୍ୱେଚ୍ଛାସେବୀମାନେ ସେମାନଙ୍କ ଉଦ୍ଦେଶ୍ୟର ପ୍ରସଂଶା କରିବା ସହ ସେହିସବୁ ଗଛଗୁଡ଼ିକର ଯତ୍ନ ନେବା ପାଇଁ ସେମାନଙ୍କ କଥା ଅନୁସାରେ 'ଇକୋ ଆମ୍ବୁଲାନସ'ର ବ୍ୟବସ୍ଥା କରିବା ପାଇଁ ବୈଠକ କଲେ। ସ୍ୱେଚ୍ଛାସେବୀମାନେ ଏହାର ଉପକାରିତା ଜାଣିବା ପରେ ଏପରି ପ୍ରସ୍ତାବକୁ ମଞ୍ଜୁର କରିଦେଲେ। ଲିଜାର ପ୍ରସ୍ତାବ ଅନୁସାରେ ଏହି ଆମ୍ବୁଲାନସରେ ପିଲାମାନେ ବୁଲି ବୁଲି ଉକ୍ତ ଗଛ ଗୁଡ଼ିକର ଯତ୍ନ ନେବାସହ ମରି ଯାଇଥିବା ପତ୍ରଗୁଡ଼ିକୁ କାଟି ସଫା କଲେ ଓ ଉପଯୁକ୍ତ ଔଷଧର ପ୍ରୟୋଗ କରିବା ଯୋଗୁଁ ଖୁବ୍ କମ୍ ଦିନରେ ସ୍କୁଲ ପାଚେରୀ ସବୁ ସହରର ସବୁଜ ବାଡ଼ରେ ପରିଣତ ହେଲା। ଏହାଦେଖି ସହରର ଅନ୍ୟ ଅଫିସ୍ ଗୁଡ଼ିକରେ ଏହିଭଳି ହଜାର ହଜାର ସିଧା ବଗିଚା ବା ଭର୍ଟିକାଲ୍ ଗାର୍ଡେନ୍ ସୃଷ୍ଟି କରିବା ପାଇଁ ସେମାନଙ୍କୁ ଅନୁରୋଧ କଲେ। ଲିଜାର ଏପରି ପରିକଳ୍ପନା ବାସ୍ତବ ରୂପ ନେଇଥିବାରୁ ସେମାନଙ୍କୁ ଯୁଗ୍ମ ଭାବେ ସଂଗଠନ ତରଫରୁ 'ପ୍ରକୃତି ବନ୍ଧୁ' ପୁରସ୍କାରରେ ସମ୍ମାନୀତ କରାଗଲା।

....

"ଇକୋ ଆମ୍ବୁଲାନସ୍"- ଏହି ଗଳ୍ପଟି ବେଙ୍ଗାଲୁରୁ ପ୍ରତିଲିପି ୱେବପେଜ୍ ସାହିତ୍ୟ ପ୍ଲାଟଫର୍ମରେ ୬ ଫେବୃୟାରୀ ୨୦୨୨ ମାସରେ ପ୍ରକାଶ ପାଇଛି।

■

ସିଂହ ଓ ପିମ୍ପୁଡ଼ି

ସିଂହ ନିଜକୁ ଜଙ୍ଗଲର ସବୁଠାରୁ ଶକ୍ତିଶାଳୀ ଜୀବ ମାନୁଥିଲା। ସେଇଥି ପାଇଁତ ସେ ଜଙ୍ଗଲର ରାଜା ଥିଲା। ଜଙ୍ଗଲ ମଧ୍ୟରେ ତା'ର ବିଶାଳ ରାଜପ୍ରସାଦକୁ ଦେଖି ସମସ୍ତ ପଶୁପକ୍ଷୀଙ୍କ ଆଖି ଲାଖି ଯାଉଥିଲା। ଏଥିରେ ବିରାଟ ବିରାଟ କୋଠରିସବୁ ରହିଥିଲା। ରାଜାରାଣୀଙ୍କ ଗାଧୁଆଘର, ବିଶ୍ରାମ ଗୃହ ଏହିପରି ଅନେକ ଗୃହ ରହିଥିଲା। ସେଇ ଜଙ୍ଗଲରେ ସିଂହର ପଡ଼ୋଶି ପିମ୍ପୁଡ଼ଟିଏ ଥିଲା। ପିମ୍ପୁଡ଼ିର ବାସସ୍ଥଳୀ ବହୁତ ଛୋଟ ଥିଲା। ସିଂହ ସବୁବେଳେ ଅଯଥାରେ ପିମ୍ପୁଡ଼ିସହ ଝଗଡ଼ା କରେ। ସେ ମନେ ମନେ ଭାବେ ଏ ପିମ୍ପୁଡ଼ି ଯୋଗୁଁ ମୋ ରାଜପ୍ରସାଦର ଶୋଭା ଦିନକୁ ଦିନ କମି ଯାଉଛି।

ଦିନେ ସେ ତା' ମନ କଥା ପିମ୍ପୁଡ଼ିକୁ କହିଲା ଓ ତାକୁ ଏହି ସ୍ଥାନ ତୁରନ୍ତ ଛାଡ଼ିବାକୁ କହିଲା। ବର୍ଷା ଦିନ ଥିଲା। ନୂତନ କୋଠରି ତିଆରି କରିବା ପିମ୍ପୁଡ଼ି ପକ୍ଷେ କଷ୍ଟକର ଥିଲା। ପିମ୍ପୁଡ଼ି ଯେତେ ନେହୁରା ହେଲେବି ସିଂହ ତା' କଥା ଶୁଣିଲା ନାହିଁ। ସିଂହ ସୈନ୍ୟଦଳ ଲଗାଇ ତା' ବାସସ୍ଥଳୀକୁ ଭାଙ୍ଗିଦେଲା। ଏଥିରେ ପିମ୍ପୁଡ଼ିର ଗଚ୍ଛିତ ସମସ୍ତ ଖାଦ୍ୟଭଣ୍ଡାର ନଷ୍ଟ ହୋଇଗଲା। ପିମ୍ପୁଡ଼ି ବହୁତ ମନ ଦୁଃଖ କଲା। ଏମିତି କିଛି ଦିନ ବିତିଗଲା।

ଦିନେ ଜଙ୍ଗଲରେ କିଛି ଶିକାରୀ ପ୍ରବେଶ କଲେ। ସେମାନେ ସିଂହଛାଲ ବେପାରି ବୋଲି ପିମ୍ପୁଡ଼ି ସେମାନଙ୍କ କଥାବାର୍ତ୍ତାରୁ ଜାଣି ପାରିଲା। ସେମାନଙ୍କ ସିଂହ ଶିକାର ଯୋଜନାକୁ ପଣ୍ଡ କରିବା ପାଇଁ ସେ ସମସ୍ତ ପିମ୍ପୁଡ଼ି ଦଳକୁ ଆଦେଶ ଦେଲା। ଜଙ୍ଗଲୀ ଜନ୍ଦା ଓ ପିମ୍ପୁଡ଼ିମାନଙ୍କ ଆକ୍ରମଣରେ ଶିକାରୀ ଦଳ ଆହତ

ହୋଇ ସେମାନଙ୍କ ସମସ୍ତ ଅସ୍ତ୍ର ଛାଡ଼ି ସେଠାରୁ ପଳାୟନ କଲେ। ଏହି ଖବର ଚାରିଆଡ଼େ ପ୍ରଚାର ହୋଇଗଲା। ସିଂହ ପିମ୍ପୁଡ଼ିକୁ ନିଜର ଅତୀତର ଭୁଲ ପାଇଁ କ୍ଷମା ମାଗିଲା। ସିଂହ କହିଲା, ମୁଁ ତୁମର ଏତେ କ୍ଷତି କଲି, ତୁମେ ଚାହିଁଥିଲେ, ଟିକିଏ ଚୁପ ରହିଯାଇ ମୋର ପ୍ରତିଶୋଧ ନେଇ ପାରିଥାନ୍ତ। ପିମ୍ପୁଡ଼ି କହିଲା- ପ୍ରତିଶୋଧ ସମସ୍ୟାର ସମାଧାନ ନୁହେଁ। ଏହା ଦ୍ୱାରା ବିଶୃଙ୍ଖଳା ସୃଷ୍ଟି ହୁଏ। ଜଙ୍ଗଲରେ ସମସ୍ତ ପଶୁପକ୍ଷୀଙ୍କ ବାସସ୍ଥଳୀ ରହିଛି। ଏହା ଛୋଟ ହେଉକି ବଡ଼, ଏଥିରେ କିଛି ଯାଏ ଆସେ ନାହିଁ। ନିଜ ବାସସ୍ଥଳୀକୁ ଅନ୍ୟଠାରୁ ଭଲ ସାବ୍ୟସ୍ତ କରିବା ପାଇଁ, ଅନ୍ୟର ବାସସ୍ଥଳୀକୁ ଭାଙ୍ଗି ଦେବା କାମ ଠିକ ନୁହେଁ। ଏକଥା ଜଙ୍ଗଲର ରାଜା ହୋଇ ଆପଣ ବୁଝିବା ଦରକାର। ସିଂହ ନିଜର ଭୁଲ୍ ବୁଝି ପାରିଲା ଓ ରାଜଧର୍ମ ପାଳନ ପାଇଁ ସମସ୍ତଙ୍କୁ କଥାଦେଲା।

....

"ସିଂହ ଓ ପିମ୍ପୁଡ଼ି" - ଏହି ଗଳ୍ପଟି ଦୈନିକ ସମ୍ବାଦପତ୍ର 'ସମ୍ବାଦ'ର 'ଫୁଲଝରି' ଶିଶୁପୃଷ୍ଠାରେ ୧୮ ଡ଼ିସେମ୍ବର ୨୦୨୧ରେ ପ୍ରକାଶିତ ହୋଇଛି।

■

ବୁଦ୍ଧିଆ ଗଧ

ଥରେ ଜଙ୍ଗଲରୁ କିଛି ଗଧ ପ୍ରାଣ ବିକଳରେ ଦୌଡୁଥିଲେ କିନ୍ତୁ ଗୋଟିଏ ଗଧ ଠିଆ ହୋଇ ରଡ଼ି ଛାଡୁଥିଲା। ଏହି ଦୃଶ୍ୟ ଦେଖି ଟିକି ମୂଷାଟି ସେଇ ଗଧକୁ ପଚାରିଲା- 'କ'ଣ ହୋଇଛି ଭାଇ? ଏମିତି ଛାନିଆ ହୋଇ ଏମାନେ ଦୌଡୁଛନ୍ତି ଯେ'! ଗଧଟି କହିଲା- ଏଇ ଦେଖୁନୁ 'ପୁଲିସବାହିନୀ ହାତୀମାନଙ୍କୁ ଖାଦ୍ୟଶସ୍ୟ ନଷ୍ଟ କରୁଥିବାରୁ କେମିତି ଖୋଜୁଛି। ଜେଲରେ ପୁରେଇ ଦେବ। ଜଙ୍ଗଲରେ ଖାଦ୍ୟଶସ୍ୟର ବ୍ୟବସ୍ଥା ନକରି ଜେଲରେ ପୁରେଇବାର ନିଷ୍ପତ୍ତି ଠିକ କି? ମୂଷାଟି ଆଶ୍ଚର୍ଯ୍ୟ ହୋଇ ପଚାରିଲା- ହେଲେ ଏମାନେ ତ ହାତୀ ନୁହଁନ୍ତି ନା! କାହିଁକି ବ୍ୟସ୍ତ ହେଉଛନ୍ତି?

ଗଧଟି କହିଲା ମଣିଷ ସମାଜର ଗଣତନ୍ତ୍ର ଶାସନ ଦେଖି ଏଇ ଜଙ୍ଗଲରେ ଏପରି ଶାସନ ଲାଗୁ କରିବା ପାଇଁ ଆମର ଇଚ୍ଛା ହେଲା। ଜଙ୍ଗଲରେ ଘୋଡ଼ା ତୁଳନାରେ ଆମ ଗଧ ଜାତିର ସଂଖ୍ୟା ଅଧିକ ଥିଲା। ମୁଣ୍ଡଗଣତି ଅନୁସାରେ ଜଙ୍ଗଲର ରାଜା ଏବେ ବୃଦ୍ଧ ଗଧ ମହାଶୟ ହୋଇଛନ୍ତି। ସେ ତାଙ୍କ ପୁଲିସବାହିନୀ ଓ ବିଚାର ବିଭାଗରେ ଘୋଡ଼ା ପରିବର୍ତ୍ତେ ଗଧମାନଙ୍କୁ ଅଧିକ ସଂଖ୍ୟାରେ ନିଯୁକ୍ତି ଦେଇଛନ୍ତି। ଯଦି ପୁଲିସବାହିନୀ ବାଉଳାରେ ଆମକୁ ଧରି ନିଏ, ତେବେ ଆମେ ହାତୀ ନୁହଁ ବୋଲି ପ୍ରମାଣ କରିବାକୁ ୨୦ ବର୍ଷରୁ ଅଧିକ ସମୟ ଲାଗି ଯିବ। ତୁ ଜାଣିଛୁ ଆମ ଗଧଜାତିର ହାରାହାରି ଜୀବନ ବି ସେତିକି ବର୍ଷ ନୁହଁ। ମୂଷାଟି ପୁଣି ପଚାରିଲା - ତୁମେବି ତ ଏଠୁ ପଳେଇ ଯିବା କଥା।

ତୁମେ ଏଠି କ'ଣ ପାଇଁ ରଡ଼ି ଛାଡୁଛ? ଗଧଟି ସ୍ୱାଭିମାନର ସହ କହିଲା-ମୁଁ ପଶୁ ହେଲେବି ଭୀରୁ ନୁହେଁ, ଜୀବିତ ଅଛି। ଭୁଲ୍ ନିଷ୍ପତ୍ତିର ପ୍ରତିବାଦ କରୁଛି। ପ୍ରତିବାଦ ନକରି ମୁଣ୍ଡପାତି ସବୁକିଛି ସହିଯିବା, ଅନ୍ୟାୟକୁ ସମର୍ଥନ କରିବା ସହ ସମାନ। ଏକଥା ଶୁଣି ଟିକି ମୂଷାଟି କହିଲା- ନିଜେ ଗଧ ହୋଇ ଗଧଜାତିର ନିଷ୍ପତ୍ତିକୁ ନିନ୍ଦା କରୁଛ! ଗଧଟି କହିଲା- ପାଣି ସୁଅରେ ଶବ ଭାସିଯାଏ କିନ୍ତୁ ପହଁରାଳି ନୁହେଁ। ଆଜ୍ଞା ହୁଜୁର କହି ଆମ ଜାତିର ସବୁ ନିଷ୍ପତ୍ତିକୁ ଅନ୍ଧଭାବେ ସମର୍ଥନ କରିବା ମୋର ପ୍ରକୃତି ନୁହଁ। ଯୁଦ୍ଧର ମଇଦାନରେ ଗଧ ନୁହେଁ ଘୋଡ଼ାମାନଙ୍କ ଆବଶ୍ୟକତା ରହିଛି। ବିଳମ୍ବରେ ମିଳୁଥିବା ନ୍ୟାୟ ଯେ ଅନ୍ୟାୟ ଏକଥା ଆମେ କେବେ ବୁଝିବା! ମଣିଷ ସମାଜ ବିଦ୍ୟାଳୟରେ ଭଲ ଶିକ୍ଷା ନାମରେ 'ଗୁଣାତ୍ମକ ଶିକ୍ଷା' ଚାହୁଁଛି ଅଥଚ ସମାଜର ମଙ୍ଗଳ ପାଇଁ 'ଗୁଣାତ୍ମକ ଗଣତନ୍ତ୍ର' କ'ଣ ପାଇଁ ଚାହୁଁନି? ଯେଉଁଦିନ ଏକଥାସବୁ ଆମେ ବୁଝିଯିବା ସେଦିନ ସମାଜରେ ଶାନ୍ତି ଓ ନ୍ୟାୟ ପ୍ରତିଷ୍ଠା ସହଜ ହୋଇଯିବ। ମୂଷା ମନେ ମନେ ଭାବୁଥିଲା ଇଏ ଗଧ ସତେତ କେତେ ବୁଦ୍ଧିଆ!

....

"ବୁଦ୍ଧିଆ ଗଧ" - ଏହି ଗଳ୍ପଟି ଦୈନିକ ସମ୍ବାଦପତ୍ର ପ୍ରମେୟର 'ପ୍ରଜାପତି' ଶିଶୁପୃଷ୍ଠାରେ ୧୧ ଡିସେମ୍ବର ୨୦୨୧ରେ ପ୍ରକାଶିତ ହୋଇଛି।

■

ନ୍ୟାୟ ଦେବୀ

ରଘୁର ଛୋଟ ସଂସାର। ତା'ର ପରିବାର କହିଲେ ସ୍ୱାମୀ ସ୍ତ୍ରୀ ଓ ଏକମାତ୍ର ଝିଅ ପୂଜା। ପରିବାର ପ୍ରତିପୋଷଣ ପାଇଁ ଏକମାତ୍ର ରୋଜଗାରକ୍ଷମ ମଣିଷଟି ହେଲା ରଘୁ। ଦିନ ମଜୁରିଆ ହେଲେବି ସେ ଭାରି ସ୍ୱାଭିମାନୀ ଲୋକ। ସରକାରୀ ଯୋଜନାର ସୁଫଳ ତାକୁ ମିଳିଛି। ଏବେ ସେ ରାସନ କାର୍ଡଟିଏ ପାଇଛି। ତା'ର ତେଲ ଲୁଣର ସଂସାର ଯାହିତାହି ଚଳି ଯାଉଛି। ପୂଜା ଏଥର ମାଟ୍ରିକ ପାସ କରିଛି। ହଠାତ୍ ତା'ର ସୁନାର ସଂସାରରେ ଚଳକ ପଡ଼ିଲା। ସେ ଗାଁର କିଛି ଦୃଷ୍ଟଲୋକଙ୍କ ଚକ୍ରାନ୍ତର ଶିକାର ହୋଇଗଲା। ତା'ର ରାସନ କାର୍ଡଟିକୁ ଅଚଳ କରି ଦିଆଗଲା। ଏ ବିଷୟରେ ପୂଜା ଯାଇ ବ୍ଲକ୍ ରେ ବୁଝିଲା ବେଳକୁ ଜଣା ପଡ଼ିଲା ରଘୁର ମୃତ୍ୟୁ ହୋଇ ଯାଇଛି। ତା' ପରିବାରରେ ପକ୍କାଘର ରହିଛି।

ତାସହ ସେମାନଙ୍କର ରୋଜଗାରର ଅନ୍ୟ ବାଟ ମଧ୍ୟ ରହିଛି। ତେଣୁ ରାସନକାର୍ଡ କାଟି ଦିଆଗଲା। ବ୍ଲକ ଅଧିକାରୀଙ୍କ ଠାରୁ ଏସବୁ ଶୁଣି ପୂଜା ଚମକି ପଡ଼ିଥିଲା। ବାପା ଜୀବିତ ଅଛନ୍ତି। ଆମ ପରିବାରର ରୋଜଗାରର ଅନ୍ୟ କୌଣସି ବାଟ ନାହିଁ। ବାପା ହିଁ ଏକମାତ୍ର ରୋଜଗାରକ୍ଷମ ବ୍ୟକ୍ତି ଅଟନ୍ତି। ଏକଥା ପୂଜା ସେମାନଙ୍କୁ ଯେତେ ବୁଝାଇଲେ ମଧ୍ୟ ସେମାନେ ବୁଝିବାକୁ ନାରାଜ। ଶେଷରେ ବାପ ଝିଅ ମିଶି ଅଦାଲତରେ ଏ ବାବଦରେ କେଶ୍ କଲେ। ରଘୁ ଜୀବିତ ଥାଉ ଥାଉ କ'ଣ ପାଇଁ ତା'ର ରାସନ କାର୍ଡ କାଟି ଦିଆଗଲା! ଜୀବିତ ଥିବା ମଣିଷଟି ରଘୁ ବୋଲି ପ୍ରମାଣିତ କରିବାକୁ ହେବ ବୋଲି ଓକିଲ, ପୂଜା ଓ ରଘୁକୁ କହିଲେ। ଏଥିପାଇଁ କେଶ୍ ଆରମ୍ଭ ହେଲା।

ଏପଟେ ରାସନ କାର୍ଡ କଟି ଯାଇଥିବାରୁ ଓ ତାସହ ପୂଜାର କଲେଜ ଖର୍ଚ୍ଚ ଯୋଗୁଁ ପରିବାର ଚଳେଇବା ରଘୁ ପାଇଁ କାଠିକର ପାଠ ହେଲା। ସେ କ'ଣ କରିବ କିଛି ଚିନ୍ତା କରି ପାରିଲା ନାହିଁ। ଶେଷରେ ସାହୁକାର ପାଖରେ

ଘରଡ଼ିହ ବନ୍ଧା ପକେଇ ପୂଜାର କଲେଜ ଖର୍ଚ୍ଚ ଚଳେଇ ନେଲା। ସେପଟେ କେଶ୍ ଖର୍ଚ୍ଚ ପାଇଁ ଓକିଲଙ୍କ ବାରମ୍ବାର ଫୋନରେ ତାଗିଦା, ତା' ପାଇଁ ଏସବୁ ଅସହ୍ୟ ହୋଇ ପଡୁଥିଲା। ଏମିତି ପାଞ୍ଚବର୍ଷ ବିତିଗଲା। ରୋଗରେ ପଡ଼ି ତା' ସ୍ତ୍ରୀ ସଜନୀ ଆରପାରିକୁ ଚାଲିଗଲା। ସେ ଅନ୍ୟମନସ୍କ ଭାବରେ ରାସ୍ତାରେ ଯାଉଥିବା ବେଳେ ଦୁର୍ଘଟଣାର ଶିକାର ହୋଇଗଲା। ଏତିକି ବେଳେ ପୂଜା ପାଖକୁ ଓକିଲ ଫୋନ କରି କହିଲେ, ତୁମେ କେଶ୍ ରେ ଜିତି ଯାଇଛ। ରଘୁ ଜୀବିତ ବୋଲି ବିଚାରପତି ଶୁଣାଣି କରିଛନ୍ତି। ରଘୁ ନାମରେ ରାସନ କାର୍ଡ ଦେବା ପାଇଁ ବ୍ଲକ୍ ଅଧିକାରୀଙ୍କୁ କୋର୍ଟର ନିର୍ଦ୍ଦେଶ ପଠା ଯାଇଛି।

ତା'ର ଏକ କପି ତୁମ ହ୍ବାଟସଆପରେ ପଠାଇଲି, ଦେଖ। ରଘୁର ବଞ୍ଚିଥିବାର ଖବର ଟିଭିରେ ବ୍ରେକିଂ ନ୍ୟୁଜ୍ ଭାବରେ ପ୍ରସାରିତ ହେଉଥାଏ। ସାରା ରାଇଜରେ ଏକଥା ଚର୍ଚ୍ଚା ହେଉଥାଏ। ଏପଟେ ରଘୁ ଡାକ୍ତରଖାନାରେ ମୃତ୍ୟୁସହ ସଂଗ୍ରାମ କରୁଥିଲା। ଶେଷରେ ରଘୁର ଅପରେସନ୍ ବିଫଳ ହେଲା। ତା'ର ମୃତ୍ୟୁ ଖବର ଓ ଓକିଲଙ୍କ କେଶ୍ ଖବରରେ ପୂଜା କାଠ ପାଲଟି ଯାଇଥିଲା। ଡାକ୍ତର ରଘୁର ଶବକୁ ପୋଷ୍ଟମର୍ଟମ୍ କରିବାକୁ ମନା କରିଦେଲେ। ଏପରି କଲେ କୋର୍ଟ ଆଦେଶର ଅବମାନନା ହେବ। କୋର୍ଟ ଦୃଷ୍ଟିରେ ରଘୁ ଜୀବିତ। ଡାକ୍ତର ଜେଲ ଯାଇ ପାରନ୍ତି ବୋଲି ଡାକ୍ତରଖାନା ଜଗୁଆଳି କହୁଥିଲା। ଜଗୁଆଳିକୁ ପୂଜା ଅବାକ୍ ହୋଇ ଚାହିଁ ରହିଥିଲା।

ଆଇନର ଅନ୍ଧ ଗଳିରେ ବାଟ ହୁଡ଼ି ପୂଜା ନ୍ୟାୟଦେବୀକୁ ମନେ ମନେ ପ୍ରଶ୍ନ ପଚାରୁଥିଲା- "ନ୍ୟାୟରେ ବିଳମ୍ବିତ ପ୍ରକ୍ରିୟା ମୋତେ କ'ଣ ଦେଲା ! ମୁଁ କ'ଣ ପାଇଲି ଓ କ'ଣ ହରେଇଲି!"

ଏମିତି ଦେଶର ଲକ୍ଷ ଲକ୍ଷ ପୂଜା ନ୍ୟାୟ ଅପେକ୍ଷାରେ ରହି ନାହାନ୍ତି ତ? ଆମେ ପିଲାମାନେ ଏହାର ଉତ୍ତର ଖୋଜିବା ଓ ଭବିଷ୍ୟତରେ ଆଇନ ପାଠ ପଢି ଏହାର ସମାଧାନ ଖୋଜିବା।

....

"ନ୍ୟାୟ ଦେବୀ" - ଏହି ଗଳ୍ପଟି ଦୈନିକ ସମ୍ବାଦପତ୍ର ପ୍ରମେୟର 'ପ୍ରଜାପତି' ଶିଶୁପୃଷ୍ଠାରେ ୮ ଜାନୁଆରୀ ୨୦୨୧ରେ ପ୍ରକାଶିତ ହୋଇଛି।

■

ସ୍ୱପ୍ନର ସୌଦାଗର

ମୋ ଅଜାଙ୍କ ଜନ୍ମ ୨୦ ଡିସେମ୍ବର ୧୯୪୭ ମସିହାରେ ହୋଇଥିଲା। ସେ ପୁରୀ ଜିଲ୍ଲାର କାକଟପୁର ସରକାରୀ ଉଚ୍ଚ ବିଦ୍ୟାଳୟରେ ୩୩ ବର୍ଷ ଶିକ୍ଷକତା କରି ୨୦୦୫ ଡିସେମ୍ବରରେ ସେହି ବିଦ୍ୟାଳୟରୁ ଅବସର ଗ୍ରହଣ କରିଥିଲେ। ୧୯୮୮ ମସିହାରେ ମୋ ବାପା ସେଇ ବିଦ୍ୟାଳୟର ଅଷ୍ଟମ ଶ୍ରେଣୀ ଛାତ୍ର ଥିଲେ। ମୋ ଅଜା କ୍ଲାସିକାଲ୍ ଉର୍ଦ୍ଦୁ ଶିକ୍ଷକ ରହିବାସହ ଜିଲ୍ଲାର ପ୍ରସିଦ୍ଧ ମୌଲବି ମଧ୍ୟ ଥିଲେ। ତେଣୁ ତାଙ୍କୁ ସମସ୍ତ ପିଲା 'ମୌଲବି ସାର୍' ବୋଲି ସମ୍ବୋଧନ କରୁଥିଲେ। ସେତେବେଳେ ପରୀକ୍ଷା ପାଇଁ ଉର୍ଦ୍ଦୁ ପ୍ରଶ୍ନପତ୍ର ସାରମାନେ ପ୍ରସ୍ତୁତ କରୁଥାନ୍ତି। ସେଇ ବର୍ଷ ଅର୍ଦ୍ଧ ବାର୍ଷିକ ପରୀକ୍ଷାର ଉର୍ଦ୍ଦୁ ପ୍ରଶ୍ନପତ୍ରରେ 'ସମୟର ମୂଲ୍ୟ' ରଚନା ପଡ଼ିଥିଲା। ପୁଣି ବାର୍ଷିକ ପରୀକ୍ଷାରେ ମଧ୍ୟ ସେଇ ରଚନା ପଡ଼ିବାରୁ ପିଲାମାନେ ନବମ ଶ୍ରେଣୀକୁ ପାସ ହେଲା ପରେ ଦିନେ ସାରଙ୍କୁ ଏ ବିଷୟରେ ପଚାରି ବସିଲେ। ପିଲାଙ୍କ ପ୍ରଶ୍ନରେ ସାର ହସି ହସି କହିଲେ- "ତୁମେ ସମୟର ମୂଲ୍ୟ ବୁଝିଲଣି କି?" ସାରଙ୍କ ଏଭଳି ପ୍ରଶ୍ନରେ ସମସ୍ତ ପିଲା ଚୁପ ରହିଲେ। କାହା ମୁହଁରୁ କଥା ପଦେ ବାହାରୁ ନଥାଏ।

ସାର୍ ପୁଣି କହିଲେ ଫଳାଫଳର ମେରିଟ୍ ଲିଷ୍ଟରେ ତୁମ୍ଭମାନଙ୍କ ମଧ୍ୟରୁ କେତେ ଜଣଙ୍କ ନାମ ରହିଛି? ସେତେବେଳେ ମେରିଟ୍ ଲିଷ୍ଟ୍ ରେ ପାସ୍ କରୁଥିବା ପିଲାଙ୍କ ଫଳାଫଳ ପ୍ରଥମେ ପ୍ରକାଶ ପାଉଥିଲା। ଏହା କିଛି ଦିନ ସ୍କୁଲର ନୋଟିସ୍ ବୋର୍ଡରେ ରହୁଥିଲା। ତାପରେ ସମସ୍ତ ପିଲାଙ୍କ ରେଜଲ୍ଟ ଆସୁଥିଲା। ହଁ, ସାର୍ ଙ୍କ ଏଭଳି ପ୍ରଶ୍ନରେ ମୋ ବାପା ମନେ ମନେ ଖୁସି ହେଉଥିଲେ, କାରଣ ମେରିଟ୍

ଲିଷ୍ଟରେ ତାଙ୍କ ନାମ ରହିଥିଲା। ସାର୍ ହଠାତ ପୁଣି କହିଲେ- ଯେଉଁମାନେ ମେରିଟରେ ପାସ କରିଛନ୍ତି, ସେମାନଙ୍କ ନାମ ପ୍ରଥମ, ଦ୍ଵିତୀୟ କି ତୃତୀୟ ସ୍ଥାନରେ ରହିନି ତ! ସାରଙ୍କ ଏହି ପ୍ରଶ୍ନରେ ମୋ ବାପା ଚମକି ପଡ଼ି ଲଜ୍ଜିତ ଅନୁଭବ କଲେ, କାରଣ ତାଙ୍କ ନାମ ଏହି ସ୍ଥାନରେ ନଥିଲା। ସାର୍ ପୁଣି କହିଲେ- ତୁମ୍ଭେମାନେ ଘରକୁ ଯାଇ ଆଜି ରାତିରେ ଶୋଇବା ପୂର୍ବରୁ ନିଜକୁ ଟିକିଏ ପ୍ରଶ୍ନ କରିବ, ସମୟର କେତେ ସଦୁପଯୋଗ କରି ପାରିଛ। ସମୟର ଠିକ୍ ବିନିଯୋଗ କରିଥିବା ପିଲାକୁ ଆଲ୍ଲା ତା'ର 'ପରିଶ୍ରମର ଫଳ' ଦେବେ। ଯାହାକୁ ଏ ସମାଜ କର୍ମଫଳ ବା ଶ୍ରମଫଳ କୁହେ। ସେତେବେଳେ ମୁଁ ବୁଝିବି ମୋର ଶ୍ରମ ସାର୍ଥକ ହୋଇଛି। ସେତେବେଳେ ମୋ ବାପା ଓ ତାଙ୍କ ସାଙ୍ଗମାନେ ଶ୍ରମ କ'ଣ ତାହା ବୁଝିବାକୁ ମନେ ମନେ ଭାବୁଥିଲେ। ତାପରେ ସାର୍ ଗମ୍ଭୀର ହୋଇ କହିଲେ- ମୁଁ ଯେଉଁଠି ଥିଲେ ବି ମୋର ତୁମ ପ୍ରତି ସବୁବେଳେ ଆଶୀର୍ବାଦ ରହିବ। ସାରଙ୍କ ଏକଥା ଶୁଣି ସବୁ ପିଲାଙ୍କ ଆଖି ଛଳ ଛଳ ହୋଇଗଲା। ସ୍କୁଲ୍ ବେଲ ବାଜି ଉଠିଲା। ସମସ୍ତେ ମନେ ମନେ ପ୍ରତିଜ୍ଞା କରି ଶ୍ରେଣୀରୁ ପ୍ରସ୍ଥାନ କଲେ। ବାପା ମୋତେ କହନ୍ତି- ମା', ଏହି ଘଟଣାକୁ ୩୪ ବର୍ଷ ବିତିଗଲାଣି। ମୋ ବାପା ସ୍ଵର୍ଗାରୋହଣ କରି ସାରିଲେଣି। ମୋର ଶିକ୍ଷକତାକୁ ମଧ୍ୟ ୧୬ ବର୍ଷ ପୁରିଗଲାଣି। ତାଙ୍କ ଅନୁପସ୍ଥିତିରେ ମୁଁ ଆଜି ବୁଝୁଛି ଶ୍ରମର ମୂଲ୍ୟ କ'ଣ! ବାପା ଗମ୍ଭୀର ହୋଇ କହିଲେ- "ଶ୍ରେଣୀରେ ଶିକ୍ଷାଦାନ କରୁଥିବା ଶିକ୍ଷକର ପରିଶ୍ରମର ମୂଲ୍ୟ ତା'ର ମାସିକ ଦରମା ନୁହେଁ।" ଶ୍ରମର ସାର୍ଥକତା ହେଉଛି ସେ ପିଲାମାନଙ୍କୁ ନେଇ ଦେଖିଥିବା ସ୍ଵପ୍ନର ବାସ୍ତବତା।

ପ୍ରକୃତରେ ଏ ଶିକ୍ଷକ ସମାଜ ହେଉଛି ବାପାଙ୍କ ଭାଷାରେ 'ସ୍ଵପ୍ନର ସୌଦାଗର' ଆଉ ସେମାନଙ୍କ ସ୍ଵପ୍ନକୁ ସତ କରୁଥିବା ଛାତ୍ରଛାତ୍ରୀମାନେ ହେଉଛନ୍ତି ଏ ଦେଶ ଓ ଜାତିର ବାଜିଗର।

....

"ସ୍ଵପ୍ନର ସୌଦାଗର"- ଏହି ଗଳ୍ପଟି ଷ୍ଟୋରିମିରର୍ ପ୍ଲାଟଫର୍ମରେ ୫ ଡିସେମ୍ବର ୨୦୨୧ ମାସରେ ପ୍ରକାଶ ପାଇଛି।

■

ସେଇ ଝିଅଟି

ସେଦିନ ସୀମା ତା' ବାବାଙ୍କ ସହ ଭୁବନେଶ୍ୱର ଯାଇଥିଲା। ପୂଜା ପାଇଁ ନିଜ ପସନ୍ଦର ଡ୍ରେସ୍ ନମିଳିବାରୁ ସେମାନେ ବିଗ ବଜାର ଗଲେ। ସେଇଠି ତା'ରି ବୟସର ଏକ ଝିଅସହ ତା'ର ଦେଖା ହେଲା। ସହରୀ ଝିଅମାନଙ୍କୁ ନେଇ ସୀମାର ଏକ ଭୁଲ ଧାରଣା ଥିଲା। ସହରୀ ଝିଅମାନେ ଗର୍ବୀ ଓ ଅହଙ୍କାରୀ ହୋଇଥାନ୍ତି। ଝିଅଟି ତାକୁ ଦେଖି ହାଏ କଲା। ସେମାନେ କିଛି ସମୟ କଥା ହେଲେ। ସୀମାକୁ ତା' ପସନ୍ଦର ଡ୍ରେସ୍ ପାଇବା ପାଇଁ ସେ ଏସ୍କେଲେଟରରେ ଉପର ଫ୍ଲୋର୍ ରେ ଥିବା କିଡସ୍ ସେକସନକୁ ନେଲା। ଉପରେ ପୋଷାକ ସମ୍ଭାର ଦେଖି ସୀମା ଖୁବ ଖୁସି ହୋଇଗଲା। ତାକୁ ତା' ପସନ୍ଦଠୁ ଆହୁରି ଭଲ ଡ୍ରେସ୍ ମିଳିଗଲା। ଝିଅଟି ସୀମାକୁ ବାଏ କହି ଚାଲିଗଲା। ସେମାନେ ଘରକୁ ଫେରିବାକୁ ବାଣୀବିହାର ଛକରେ ଗାଁ ବସକୁ ବହୁ ସମୟ ଧରି ଅପେକ୍ଷା କରିଥାନ୍ତି। ହଠାତ୍ ତାଙ୍କ ପାଖରେ କାରଟିଏ ଆସି ଲାଗିଲା। କାର ଭିତରୁ ସେଇ ଝିଅଟି ସୀମାକୁ ହାତଠାରି ଡାକୁ ଥାଏ। ସେମାନେ ଗାଁ ବସକୁ ଅପେକ୍ଷା କରିଛନ୍ତି ବୋଲି ସୀମା ତାକୁ କହିଲା। ସେଇ ଝିଅଟି ଗାଁ ବସର ଗାଡ଼ି ନମ୍ବର ଓ ଡ୍ରାଇଭର୍ ର ମୋବାଇଲ ନମ୍ବର ପଚାରିବାରୁ ସୀମା କହିଲା ଆମକୁ ଜଣା ନାହିଁ। ସୀମା ବାବା ଘରକୁ ଫୋନ କରି ସାନ ଝିଅ ଆୟତଠୁ ଗାଁକୁ ଆସୁଥିବା ଗାଡ଼ିର ନମ୍ବର ଓ ଡ୍ରାଇଭର୍ ର ମୋବାଇଲ ନମ୍ବର ପାଇଗଲେ। ଝିଅଟି ଡ୍ରାଇଭରର ନମ୍ବରରୁ ଲୋକେସନ ଟ୍ରାକ୍ କରି, ବାର୍ତ୍ତମାନ ଗାଡ଼ିଟି କେଉଁଠି ଅଛି ତାହା ଜାଣି ପାରିଲା। ଡ୍ରାଇଭର୍ କୁ ଫୋନ କଲାରୁ ସେଇଟି ବରମୁଣ୍ଡାରୁ ଗାଁକୁ ଯିବା ପାଇଁ ଶେଷ ଗାଡ଼ି, ଆଉ ଅଳ୍ପ ସମୟରେ ଗାଡ଼ିର ସିଟ୍ ପୂରଣ ହୋଇ ଗଲେ ଗାଡ଼ି ଛାଡ଼ିବ ବୋଲି

ଡ୍ରାଇଭର୍ କହିଲା। ଝିଅଟି ସବୁ କଥା ସୀମାକୁ ବୁଝେଇ ଦେଲା। ସେମାନଙ୍କୁ ବସରେ ସିଟ୍ ମିଳିବ ନାହିଁ, ଷ୍ଟାଣ୍ଡିଙ୍ଗରେ ହିଁ ଯିବାକୁ ପଡ଼ିବ ବୋଲି ସୀମା ବ୍ୟସ୍ତ ହୋଇପଡୁ ଥାଏ। ସେଇ ଝିଅଟି ସଙ୍ଗେ ସଙ୍ଗେ ବସ ଡ୍ରାଇଭର୍ ଙ୍କୁ ଫୋନକରି ଫୋନପେରେ ବସଭଡ଼ା ପଇଠ କରି ସିଟ୍ ନମ୍ବର ରିଜର୍ଭ କରି ଦେବାସହ ସୀମା ମୋବାଇଲରୁ ଲୋକେସନ୍ ମଧ୍ୟ ଉକ୍ତ ଗାଡ଼ି ଡ୍ରାଇଭରକୁ ଦେଇ ଦେଲା। ସୀମାକୁ କହିଲା ବ୍ୟସ୍ତ ହେବାର ନାହିଁ।

ତୁମେ ଏଇଠି ଅପେକ୍ଷା କରିଥିବ। ଅନ୍ୟ କୁଆଡ଼େ ଯିବ ନାହିଁ। ତୁମକୁ ଗାଡ଼ି ଡ୍ରାଇଭର୍ ପାଖାପାଖି ପନ୍ଦରରୁ କୋଡ଼ିଏ ମିନିଟ ମଧ୍ୟରେ ଫୋନକରି ବସରେ ବସେଇ ନେବ। ସୀମାକୁ ବାଏ କରି କାରଟି ଆଗେଇ ଗଲା। ଝିଅଟିର କଥା ଅନୁସାରେ ବସଟି ଠିକ୍ ସମୟରେ ପହଞ୍ଚିଲା ଓ ସେମାନଙ୍କୁ ସିଟ୍ ମଧ୍ୟ ମିଳିଗଲା। ସେମାନେ ବସଭଡ଼ା କଣ୍ଡକ୍ଟରକୁ ଦେବାବେଳେ ଜାଣିଲେ ଯେ ସେଇ ଝିଅଟି ସେମାନଙ୍କ ପାଇଁ ବସଭଡ଼ା ମଧ୍ୟ ଦେଇ ଦେଇଛି। ସୀମା ଶେଷ ସମୟ ପର୍ଯ୍ୟନ୍ତ ସେଇ ଝିଅଟିର ନାମ ପଚାରିପାରି ନଥିବାରୁ ମନ ଦୁଃଖ କଲା। ସେ ସବୁବେଳେ "ସେଇ ଝିଅଟି" ନାମରେ ତା' ମାନସପଟ୍ଟରେ ରହିବ। ସହରୀ ଝିଅ ନିଜକୁ ବ୍ୟସ୍ତ ରଖିଥାନ୍ତି। ସେମାନେ କଥା କମ୍ ଓ କାମ ଅଧିକ କରିଥାନ୍ତି। ସେମାନେ ଗର୍ବୀ କି ଅହଙ୍କାରୀ ନୁହନ୍ତି। ସେଇ ଝିଅଟିର ମୌନ ଓ ଗମ୍ଭୀର ଚେହେରାକୁ ଦେଖି ତାକୁ ଗର୍ବୀ ଓ ଅହଙ୍କାରୀ ଭାବିବା ସୀମାର ଭୁଲ ଥିଲା। କାହା ବିଷୟରେ ନଜାଣି ସେମାନଙ୍କ ପ୍ରତି ଭୁଲ୍ ଧାରଣା ରଖିବା ଠିକ କଥା ନୁହେଁ,ଏହା ଆମେ ସମସ୍ତେ ମନେ ରଖିବା ଉଚିତ୍।

....

"ସେଇ ଝିଅଟି"- ଏହି ଗଳ୍ପଟି ଷ୍ଟୋରିମିରର୍ ପ୍ଲାଟଫର୍ମରେ ୬ ଡିସେମ୍ବର ୨୦୨୧ ମାସରେ ପ୍ରକାଶ ପାଇଛି।

■

ମାମୁଁ ଘର ଗାଁ

ଗାଁଟିର ନାଁ ହେଉଛି ଆନନ୍ଦପୁର। ଲିଜା ମାମୁଁଘର ଗାଁ। ଏଇ ଗାଁଟି ସହ ଲିଜାର ଅନେକ ସ୍ମୃତି ରହିଛି। ସବୁଠୁ ବଡ଼ ସ୍ମୃତି ହେଉଛି ଲିଜା ମାମୁଁ ଓ ତାଙ୍କ ସାଙ୍ଗମାନଙ୍କୁ ନିଜ ଗାଁରେ ରୋଜଗାରର ବାଟ ମିଳିଯିବା। ଲିଜା ପିଲାବେଳର ପ୍ରଥମ ସାଙ୍ଗ ସୀମା ଓ ମାମିର ମାମୁଁଘର ମଧ୍ୟ ଏଇ ଗାଁ। ବଣଜଙ୍ଗଲ ଘେରା ଏହାର ପରିବେଶକୁ ଦେଖିଲେ ମନ ଖୁସିରେ ଭରି ଯାଏ। ପ୍ରତି ବର୍ଷ ଖରାଛୁଟିରେ ଲିଜା ମାମୁଁଘରକୁ ଗଲେ ତିନି ସାଙ୍ଗଙ୍କ ଖଟି ଖୁବ ଜମେ। କରୋନା ଯୋଗୁଁ ଗଲା ବର୍ଷ ମାର୍ଚ୍ଚ ମାସରେ ଲକଡାଉନ ହୋଇଗଲା। ସୀମା ଓ ମାମି ମାମୁଁଘର ଏଇ ଗାଁକୁ ଆସି ପହଞ୍ଚି ଯାଇଥିଲେ। ଏକଥା ଲିଜାକୁ ମାମି ଫୋନ କରି କହିଲା। ମାମୁଁଘରୁ ମାଉସୀ, ବୋଉକୁ ମଧ୍ୟ ଫୋନ କରି ସମସ୍ତଙ୍କ ଆସିବା ନେଇ କହୁଥାଏ।

ଲିଜାର ମନ ଉଚ୍ଛନ ହେଉଥାଏ। ଶେଷରେ ବାପାଙ୍କ ସହ ଲିଜା ଏଇ ଗାଁକୁ ଆସିଲା। ତିନି ସାଙ୍ଗ ଏକାଠି ହୋଇ କାହିଁ କେତେ ଗପସପରେ ମଜ୍ଜି ଗଲେ। ଗାଁ ଜଙ୍ଗଲରୁ କୋଳି ଖାଇବା ଓ ଆଈ ସହ ଜଙ୍ଗଲ ମଧ୍ୟରେ ବିଭିନ୍ନ ଔଷଧୀୟ ବୃକ୍ଷଗୁଡ଼ିକୁ ବୁଲି ବୁଲି ଦେଖିବା ତିନି ସାଙ୍ଗଙ୍କ ପାଇଁ ଏକ ନିଆରା ଅନୁଭୂତି ଥିଲା। ମାଉସୀ ଶିକ୍ଷୟିତ୍ରୀ ଥିଲେ। ସନ୍ଧ୍ୟାବେଳେ ତିନି ସାଙ୍ଗ ତାଙ୍କ ପାଖରେ ଗଣିତ, ବିଜ୍ଞାନ ଓ ଲିଜା ବାପାଙ୍କ ପାଖରେ ସାହିତ୍ୟ ଓ ଇଂରାଜୀ ପାଠ ପଢିବାରେ ଲାଗି ପଡ଼ିଲେ। ଏମିତି ପାଖାପଖି ମାସେ ବିତି ଗଲା। ଏଇ ଗାଁରେ ଲିଜାର ମାମୁଁଙ୍କ ସମେତ ସୀମା ଓ ମାମିର ମାମୁଁ ମଧ୍ୟ ଗୁଜରାଟର ସୂତାକଳରେ କାମ କରୁଥିଲେ। ସେଠାରେ କରୋନା ବ୍ୟାପିବା ଯୋଗୁଁ ମାଲିକମାନେ ସେସବୁ କଳ ବନ୍ଦ କରିଦେଲେ। ଲିଜା ମାମୁଁ ଓ ତାଙ୍କ ସାଙ୍ଗମାନେ ଭିଟାମାଟିକୁ ଫେରିବାକୁ ବାଧ୍ୟ ହେଲେ। ସେମାନେ ବହୁତ କଷ୍ଟରେ ଅଖିଆ ଅପିଆ ଟ୍ରକରେ ଓ ବହୁତ ବାଟ ଚାଲି ଚାଲି କୋଡ଼ିଏ ଦିନ ପରେ ଗାଁରେ ପହଞ୍ଚି ବିଦ୍ୟାଳୟରେ ଆସି

ରହିଲେ। ଲିଜା ମାଉସୀ କହୁଥିଲା ଏମାନେ ୧୪ ଦିନ ସଙ୍ଗରୋଧରେ ରହିବେ।

ସଙ୍ଗରୋଧ ବିଷୟରେ ସମସ୍ତେ ଟିଭିରେ ଖବର ଦେଖି ଥିଲେ। ୧୪ ଦିନ ପରେ ମାମୁଁଙ୍କ ଠାରୁ ତାଙ୍କ କଷ୍ଟକର ଯାତ୍ରା ବିଷୟରେ ଶୁଣି ତିନି ସାଙ୍ଗ କାନ୍ଦି ପକାଇଲେ। ଲିଜା ରାତିରେ ଶୋଇବାବେଳେ ଏ ବିଷୟରେ ଭାବୁ ଥାଏ। ମନରେ ଅନେକ ପ୍ରଶ୍ନ ଉଙ୍କି ମାରୁଥାଏ। କ'ଣ ଆମ ରାଜ୍ୟରେ କିଛି କାମଦାମ ନାହିଁ!! ସକାଳ ହେଲା ସେ ବାପାଙ୍କୁ ପ୍ରଶ୍ନ ପଚାରିଲା। ଆମ ଆଖପାଖରେ କ'ଣ ରୋଜଗାରର କୌଣସି ବାଟ ନାହିଁ? ଏଇ ସମୟରେ ଲିଜା ବାପାଙ୍କ ମାମୁଁ ଘରକୁ ଆସିବା ଖବର ଶୁଣି ଦେବୁ ଅଙ୍କଲ ବାପାଙ୍କୁ ସାକ୍ଷାତ୍ କରିବା ପାଇଁ ଆସି ପହଞ୍ଚିଲେ। ଦେବୁ ଅଙ୍କଲ ଆଗରୁ ସେନାବାହିନୀରେ ଥିଲେ। ଅବସର ପରେ ଏବେ ଏଇ ଗାଁରେ ନୂଆ ଖୋଲିଥିବା ବ୍ୟାଙ୍କରେ ମ୍ୟାନେଜର ପଦରେ ରହିଛନ୍ତି। ଲିଜା, ପୂଜା ଓ ମାମିକୁ ଏକାଠି ଦେଖି ସେ ଖୁସି ହେଲେ। ଲିଜା ମାଉସୀ ସମସ୍ତଙ୍କ ପାଇଁ ଚା ଆଣିଲେ।

ସମସ୍ତେ ଦେବୁ ଅଙ୍କଲଙ୍କୁ ସେଇ ପ୍ରଶ୍ନ ପଚାରି ବସିଲେ। ଅଙ୍କଲ କହିଲେ ମୁଣ୍ଡ ଖଟେଇଲେ ଗାଁରେ ମଧ୍ୟ ରୋଜଗାର ସମ୍ଭବ। ସରକାର ଏବେ ଲକଡାଉନ ଯୋଗୁଁ ବେରୋଜଗାର ହୋଇଥିବା ଯୁବକମାନଙ୍କ ପାଇଁ ଅନେକ ରୋଜଗାରର ଯୋଜନା କରିଛନ୍ତି। ଏଇ ଚା'ପାନ ଭିତରେ ସେସବୁ ଆଲୋଚନା ହେଲା। ଲିଜା ମାମୁଁ, ସୀମା ଓ ମାମିର ମାମୁଁ ମଧ୍ୟ ଏଇ ଆଲୋଚନାରେ ଭାଗ ନେଲେ। ଶେଷରେ ମାଛ ଚାଷ କରିବା ବିଷୟରେ ନିଷ୍ପତି ହେଲା। ଦେବୁଅଙ୍କଲ ୨ ଲକ୍ଷ ଟଙ୍କାର ବ୍ୟାଙ୍କ ଋଣ କରି ମାଛ ଚାଷ ଆରମ୍ଭ କରିବାର ପ୍ରସ୍ତାବ ଦେଲେ। ଲିଜା ବାପା ଉକ୍ତ ଋଣ ପାଇବା ପାଇଁ ସାକ୍ଷୀରୂପେ ରହିବା ପାଇଁ ରାଜି ହେଲେ। ଏହିପରି ଲିଜାର ମାମୁଁ ଓ ତାଙ୍କ ଦୁଇ ସାଙ୍ଗଙ୍କ ପାଇଁ ରୋଜଗାରର ବାଟ ଫିଟିଲା। ଏଥର ଲିଜା ମାମୁଁଘର ପରିବାର ଓ ତା ସାଙ୍ଗ ସୀମା ଓ ମାମିଙ୍କ ମୁହଁରେ ଖୁସିର ଲହର ଖେଳିଗଲା। ଚାକିରୀ ରୋଜଗାରର ଏକମାତ୍ର ବିକଳ୍ପ ନୁହେଁ। ଏକଥା ସମସ୍ତେ ବୁଝିଗଲେ।

....

"ମାମୁଁ ଘର ଗାଁ"- ଏହି ଗଳ୍ପଟି ଷ୍ଟୋରିମିରର୍ ପ୍ଲାଟଫର୍ମରେ ୭ ଡିସେମ୍ବର ୨୦୨୧ ମାସରେ ପ୍ରକାଶ ପାଇଛି।

■

ସ୍ୱପ୍ନାର ସଂଘର୍ଷ

ସ୍ୱପ୍ନା ପ୍ରତିକୂଳ ପରିସ୍ଥିତିକୁ ସାମନା କରି ନିଜର ତଥା ସେ ରହୁଥିବା ଗ୍ରାମର ହଜାର ହଜାର ଲୋକଙ୍କ ରୋଜଗାରର ବାଟ କାଢିବାର କାରଣ ହୋଇଥିଲା। କରୋନାର ପ୍ରଥମ ଲହର ଚାଲିଥାଏ। ଗ୍ରାମର ଅନ୍ୟ ପରିବାର ଭଳି ସ୍ୱପ୍ନାର ବାବା ମଧ୍ୟ ପରିବାର ମୁହଁରେ ଦିଓଳି ଦାନା ଦେବା ପାଇଁ ପଡ଼ୋଶି ରାଜ୍ୟକୁ ଦାଦନ ଖଟିବାକୁ ବାଧ୍ୟ ହୋଇ ଗୋଡ଼ କାଢିଥିଲେ। ସ୍ୱପ୍ନାର ବାପା ବିକାଶଙ୍କ ପରିବାର କହିଲେ ସ୍ୱପ୍ନା, ତା'ର ଦେଢ ବର୍ଷ ବୟସର ଭାଇ ଅଂଶୁ, ବାବା, ମାମା, ଜେଜେ ବାପା, ଜେଜେ ମା' ଏମିତି ଛଅ ପ୍ରାଣୀଙ୍କୁ ନେଇ ଗଠିତ। ସ୍ୱପ୍ନାର ବୟସ ସାତ ବର୍ଷ ହେଲେ ମଧ୍ୟ ବିକାଶର ସଂସ୍କାରୀ ପରିବାରର ସେ ବଡ଼ ଝିଅ। ବାବା ତୁମେ, ମାମା ଓ ଅଂଶୁକୁ ନେଇ ଗୁଜରାଟ ଯାଅ। ମୁଁ ଜେଜେମା ଓ ଜେଜେ ବାପାଙ୍କ କଥା ବୁଝିବି। ଏତେ କମ୍ ବୟସର ପିଲା ସ୍ୱପ୍ନା ଏଭଳି ଅଜସ୍ର ଶକ୍ତିର ଅଧିକାରି ହୋଇ ପାରେ, ତାକୁ ଦେଖି ନଥିବା ଲୋକ ବିଶ୍ୱାସ କରିବା କଷ୍ଟକର। ବିକାଶ ଗାଁର ଅନ୍ୟ ପିଲାଙ୍କ ସହ ଗୁଜରାଟ ଚାଲିଗଲେ। ସୂତାକଳ ମାଲିକ ବହୁତ ଭଲ ଲୋକ। ସେ ପରିଶ୍ରମୀ ବିକାଶଙ୍କ କାମ କରିବାର କୌଶଳ, ସହକର୍ମୀଙ୍କ ସହ ତାଙ୍କ ବ୍ୟବହାରରେ ସନ୍ତୁଷ୍ଟ ହୋଇ ବିକାଶଙ୍କୁ ନିଜ ପରିବାରର ଜଣେ ସଦସ୍ୟ ଭଳି ଦେଖିବାକୁ ଲାଗିଲେ।

ଏପଟେ ସ୍ୱପ୍ନା ନିଜର ପାଠ ପଢାସହ ଘରେ ଜେଜେମା'କୁ ରୋଷେଇ କାମରେ ସାହାଯ୍ୟ ମଧ୍ୟ କରୁଥାଏ। ସବୁଦିନ ରାତିରେ ବାବା ଓ ମାମାଙ୍କ ସହ ଫୋନରେ କଥା ହୁଏ। ଦିନେ ସାହାସପୁର ଗାଁ ଆକାଶ ଲାଲ ଦେଖାଗଲା।

କଳାହାଣ୍ଡିଆ ମେଘସହ ପ୍ରଚଣ୍ଡ ବେଗରେ ପବନ ବୋହିବାକୁ ଆରମ୍ଭ କଲା। ମାତ୍ର ଦଶ ମିନିଟରେ ଏହି କାଳବୈଶାଖୀରେ ସାହସପୁର ଗାଁ ଛାରଖାର ହୋଇଗଲା। ଖାଲି ଘରଦ୍ୱାର ନୁହେଁ ପାଚିଲା ସୁନାର ଧାନକ୍ଷେତ ସବୁ ଆଖି ସାମନାରେ ମାଟିରେ ମିଶିଗଲା। ସେ ପଟେ ମୋବାଇଲ ଟାୱାର୍ ଭାଙ୍ଗିଯିବା ଯୋଗୁଁ ବାବାଙ୍କ ସହ ସ୍ୱପ୍ନାର ଫୋନରେ ଯୋଗାଯୋଗ ମଧ୍ୟ ସମ୍ଭବ ହେଲା ନାହିଁ। ସେପଟେ ବିକାଶ, ସ୍ୱପ୍ନାର କୌଣସି ଫୋନ କଲ ନପାଇ ବ୍ୟସ୍ତ ହୋଇ ପଡୁଥାନ୍ତି। ଏପଟେ ସ୍ୱପ୍ନା ଗାଁ ଲୋକଙ୍କୁ ସରକାରୀ କ୍ଷତି ପୂରଣ ପାଇବା ପାଇଁ ରାଜସ୍ୱ ଅଧିକାରୀ ଓ ତହସିଲଦାରଙ୍କୁ ତାଙ୍କ କାମରେ ସାହାଯ୍ୟ କରୁଥାଏ।

ଘର ଚାରିପଟେ ପାଣି ଜମି ରହିବାରୁ ଜେଜେ ବାପା ଘାସ ସଫା କରିବା ପାଇଁ ଦିନସାରା କାମ କରି ସବୁ ସଫା କରି ଦେଲେ। ସଂଧ୍ୟାରେ ତାଙ୍କୁ ଜ୍ୱର ଜ୍ୱର ଲାଗିଲା, ଜେଜେ ମାଆଙ୍କ କଥାରେ କ୍ୱାକ ଠାରୁ ଭୁଲ ଔଷଧ ଆଣି ଖାଇଲେ। ଏକଥା ସ୍ୱପ୍ନାକୁ ପରେ ଜଣାପଡ଼ିଲା। ଗାଁ ଲୋକଙ୍କ ସାହାଯ୍ୟରେ ପାଖ ଡାକ୍ତରଖାନାରେ ସ୍ୱପ୍ନା ତାଙ୍କୁ ଭର୍ତ୍ତି କରାଇଥିଲା। ଡାକ୍ତରଙ୍କ ସମସ୍ତ ଉଦ୍ୟମ ସତ୍ତ୍ୱେ ପାଖାପାଖି ଅଧରାତିରେ ତା' ଜେଜେ ବାପା ଆରପାରିକୁ ଚାଲିଗଲେ। ଡାକ୍ତରଖାନା କର୍ତ୍ତୃପକ୍ଷ ଏ ବିଷୟରେ ସ୍ଥାନୀୟ ଥାନାକୁ ଖବର ଦେଲେ। ସ୍ୱପ୍ନା ସମେତ ତା' ଜେଜେ ମା'ଙ୍କର ମଧ୍ୟ କରୋନା ସନ୍ଦେହ କରି ସଙ୍ଗେ ସଙ୍ଗେ ଟେଷ୍ଟ କରାଗଲା ଜେଜେମାଆର ପଜିଟିଭ ବୋଲି କୁହାଗଲା।

ରାତିପାହି ସକାଳ ହେଲା ତହସିଲଦାର ଏ ଖବର ଶୁଣି ସ୍ୱପ୍ନା ଘରେ ଆସି ପହଞ୍ଚିଲେ। ସ୍ୱପ୍ନାକୁ ସାନ୍ତ୍ୱନା ଦେଲେ। ଜେଜେମାଆଙ୍କୁ ଜିଲ୍ଲା କୋଭିଡ୍ ଡାକ୍ତରଖାନାକୁ ସ୍ଥାନାନ୍ତର କରାଗଲା। ସମସ୍ତ ପ୍ରକାର ଉଦ୍ୟମ ସତ୍ତ୍ୱେ ତାଙ୍କର ଅମ୍ଳଜାନସ୍ତର ହ୍ରାସ ପାଇବାକୁ ଲାଗିଲା। ଶେଷରେ ଜେଜେମା' ମଧ୍ୟ ସବୁଦିନ ପାଇଁ ଆଖିବୁଜି ଦେଲେ। ବାବାଙ୍କ ସହ ସ୍ୱପ୍ନାର ଯୋଗାଯୋଗ ସମ୍ଭବ ହୋଇ ନଥିଲା। ତହସିଲଦାର ନିଜ ନମ୍ବରରେ ଯୋଗାଯୋଗ କରିଥିଲେ। ସ୍ୱପ୍ନାର ମାମା ଫୋନ ଉଠେଇଲେ। ବିକାଶ ସୁରତର ଏକ କୋଭିଡ୍ ହସପିଟାଲରେ କରୋନାରେ ପିଡ଼ିତ ହୋଇ ଜୀବନସହ ସଂଘର୍ଷ କରୁଛନ୍ତି ବୋଲି କହିଲେ। ସେ ମାମା ସହ କଥା ହେଲା। ଘରର ସବୁକଥା ଶୁଣି ମାମା ମ୍ରିୟମାଣ ହେଲେବି ଏତେ ଛୋଟ ପିଲାକୁ ସାନ୍ତ୍ୱନା ଦେବା ପାଇଁ ତାଙ୍କ ପାଖରେ ଭାଷା ନଥିଲା।

ଏହା ମଧ୍ୟରେ ସାହସପୁର ଗାଁର ବିଦ୍ୟୁତ୍ ଓ ମୋବାଇଲ ଟାୱାର୍ ଠିକ ହୋଇ ସାରିଥାଏ। ସମସ୍ତଙ୍କୁ ସରକାରୀ କ୍ଷତିପୂରଣ ମିଳି ଯାଇଥାଏ। ଏମିତି ହସଖୁସିର ପରିବେଶ ମଧ୍ୟରେ ସ୍ୱପ୍ନାଘରକୁ ତା ବାପା ଗୁରୁତର ଥିବା ଖବର ଆସି ପହଞ୍ଚିଲା। ମାମା ନିଜେ ଅସୁସ୍ଥ ହେବା ଯୋଗୁଁ ମାଲିକଙ୍କ ଘରେ କ୍ୱାରେଣ୍ଟାଇନରେ ରହିଛନ୍ତି।

ଏପଟେ ଗାଁ ଲୋକେମାନେ ସ୍ୱପ୍ନାଠାରୁ ଏସବୁ ଶୁଣି ହତବାକ ହୋଇଯାଇଥାନ୍ତି। ମାଲିକଙ୍କ ଠାରୁ ଫୋନ ଆସିଲା ତୁମ ମାମାଙ୍କ କରୋନା ପଜିଟିଭ୍ ଜଣାପଡ଼ିବା ପରେ ତାଙ୍କୁ ସଦର ହସପିଟାଲରେ ଭର୍ତ୍ତି କରାଯାଇଛି। ଏବେ ସ୍ୱପ୍ନା ପାଇଁ ଏସବୁ ଖବର ଅସହ୍ୟ ହୋଇ ପଡ଼ିଲା। ସେ ତା'ର ଏସବୁ ଘଟଣା ସାମାଜିକ ଗଣମାଧ୍ୟମରେ ନିଜେ କହିବ ବୋଲି ନିଷ୍ପତ୍ତି ନେଲା। ସ୍ୱପ୍ନାର ଲାଇଭ ପ୍ରସାରଣ ଆରମ୍ଭ ହେଲା। ଏଇ ସମୟରେ ଆହୁରି ଦୁଃଖଦ ଖବର ଥାନାକୁ ଆସିଲା କି ସ୍ୱପ୍ନାର ବାବାଙ୍କ ଏକମୋ ଚିକିତ୍ସା ସଫଳ ହେଲା ନାହିଁ। ତାଙ୍କର ଦୁଃଖଦ ମୃତ୍ୟୁ ହୋଇଛି। ଖୋଦ ଥାନାବାବୁ ଏହି ଲାଇଭ ପ୍ରସାରଣରେ ଏହା ଘୋଷଣ କଲେ। ତହସିଲଦାର ସ୍ୱପ୍ନାକୁ ଧର୍ଯ୍ୟହରା ନ ହେବାକୁ କହୁଥିଲେ। ମାମାଙ୍କ ହସପିଟାଲରେ ଭର୍ତ୍ତି ହେବା ଘଟଣାର ସମସ୍ତ ଖବର ମାଲିକଙ୍କ ସାନ ଭଉଣୀ ଏଲିନା ଆଣ୍ଟି ମଧ୍ୟ ଫେସବୁକ୍ ଲାଇଭ୍ ମାଧ୍ୟମରେ ଦେଉଥାନ୍ତି। ଏ ଖବର ସମଗ୍ର ଦେଶରେ ଚର୍ଚ୍ଚାର ଖବର ପାଲଟି ଥାଏ। ଶେଷରେ ସ୍ୱପ୍ନାର ମାମା ସବୁଦିନ ପାଇଁ ଆଖି ବୁଜିଦେଲେ।

ସାତ ବର୍ଷର ଝିଅ ସ୍ୱପ୍ନା ସହ ଦେଢ ବର୍ଷର ପୁଅ ଅଂଶୁ ସବୁଦିନ ପାଇଁ ଅନାଥ ହୋଇଗଲେ। ଲାଇଭ ପ୍ରସାରଣରେ ସେମାନଙ୍କ ପାଇଁ ସମବେଦନାର ସୁଅ ଛୁଟି ଥାଏ। ଯୁଦ୍ଧ ପରେ ଶାନ୍ତି ଓ ଯନ୍ତ୍ରଣା ପରେ ସୁଖର ସନ୍ଧାନ ମିଳିଥାଏ। ଏମିତି କିଛି ସନ୍ଦେଶ ସ୍ୱପ୍ନା, ଅଂଶୁ ଓ ଗ୍ରାମବାସୀଙ୍କ ପାଇଁ ମଧ୍ୟ ରହିଥିଲା। ସ୍ୱପ୍ନାର ଏସବୁ କାହାଣୀ ଉପରେ ପ୍ରଜ୍ଞା, ସିନା ଓ ଝରା ଆଣ୍ଟିଙ୍କ ତିନି ଝିଅ ଲିଜା,ପୂଜା ଓ ଖୁସି ମଧ୍ୟ ଦେଖିଥିଲେ। ଏମାନେ ଭିଜିଲାନ୍ସ, ଇନଟେଲିଜେନ୍ସି ଓ ସାଇବର କ୍ରାଇମ୍ ବିଭାଗରେ ନିଯୁକ୍ତି ପାଇଥିଲେ। ଏମାନେ ଏକାଠି ହୋଇ ସ୍ୱପ୍ନାକୁ ସାହାଯ୍ୟ କରିବା ପାଇଁ ଯୋଜନା କଲେ। ଏଇ ସମୟରେ ମୁମ୍ବାଇ ଜଣେ ବିଶିଷ୍ଟ କୋଟିପତି ବ୍ୟବସାୟୀଙ୍କୁ କୌଣସି ଦୁର୍ବୃତ୍ତ ତାଙ୍କ ନିଜ ବାସଭବନରେ ହତ୍ୟା କରିଥିଲା। ହତ୍ୟାକାରୀର ସନ୍ଧାନ କେହି ପାଇପାରୁ ନଥିଲେ। ହତ୍ୟାକାରୀକୁ ଧରେଇ

ଦେଲେ ଦଶ କୋଟିର ପୁରସ୍କାର ଦେବା ପାଇଁ ଘୋଷଣା କରାଯାଇଥିଲା।

ଇତି ମଧ୍ୟରେ ଦେଢ ବର୍ଷର ପୁଅ ଅଂଶୁକୁ ଧରି ସୂତାକଳ ମାଲିକ ତେଜସ୍ ଅଙ୍କଲ ସାହାସପୁର ଗାଁରେ ଆସି ପହଞ୍ଚି ଯାଇଥିଲେ। ସୁଦୂର ମୁମ୍ବାଇ, ନୂଆଦିଲ୍ଲୀ ଓ କୋଲକାତାରୁ ପୂଜା,ଲିଜା ଓ ଖୁସି ମଧ୍ୟ ପହଞ୍ଚି ଯାଇଥିଲେ। ଗ୍ରାମବାସୀ, ତହସିଲଦାର ଓ ଏମାନଙ୍କୁ ନେଇ ଗାଁରେ ବୈଠକ ବସିଲା। ତେଜସ୍ ଅଙ୍କଲ ଏହି ଦୁଇ ପିଲାଙ୍କ ନାମରେ ପଚାଶ ଲକ୍ଷ ଟଙ୍କା ନିଜ ତରଫରୁ ଫିକ୍ସ କରିବା ପାଇଁ କହିଲେ। ଏଥିରେ ସ୍ୱପ୍ନା ରାଜିହୋଇ ନଥିଲା। ତା'ର ପ୍ରସ୍ତାବ ଥିଲା ଏ ଗାଁର ପଛପଟେ ଥିବା ଶହେ ଗ୍ରାମବାସୀଙ୍କ ଏକ ହଜାର ଏକର ଜମିରେ କୌଣସି ଏକ ପ୍ରକଳ୍ପ କାର୍ଯ୍ୟ ଆରମ୍ଭ ହେଉ। ସମସ୍ତେ ଗାଁରେ ରୋଜଗାର ପାଆନ୍ତୁ। ଏତେ ବଡ ବିପଦରେ ଥାଇ ମଧ୍ୟ ସ୍ୱପ୍ନା ଗ୍ରାମବାସୀଙ୍କ ପାଇଁ ଏଭଳି ଯୋଜନା ପ୍ରସ୍ତୁତ କରିଥିଲା। ରାଜସ୍ୱ ଅଧିକାରୀ କହିଲେ କି ଏଥିପାଇଁ ଉକ୍ତ ଜମିର ମୂଲ୍ୟ ଗ୍ରାମବାସୀଙ୍କୁ ଦେବାକୁ ପଡ଼ିବ।

ଏଥିପାଇଁ ଦଶ କୋଟି ଟଙ୍କା ଆବଶ୍ୟକ। ଏତେ ଟଙ୍କା କେଉଁଠୁ ଆସିବ? ଖୁସି କହିଲା ଏ ଟଙ୍କାର ବ୍ୟବସ୍ଥା ଆମେ କରିବୁ। ପୂଜା କହିଲା ଏବେ ଦେଶରେ ଯେଉଁ ବିଶିଷ୍ଟ ବ୍ୟବସାୟୀଙ୍କ ହତ୍ୟା ହୋଇଛି, ହତ୍ୟାକାରୀର ସନ୍ଧାନରେ ସ୍ୱପ୍ନା ସାମିଲ ହେବ। ଏହାର ପୁରସ୍କାର ରାଶି ବାବଦକୁ ଯେଉଁ ଦଶକୋଟି ଟଙ୍କା ମିଳିବ, ସେ ଟଙ୍କାରେ ଗ୍ରାମବାସୀଙ୍କୁ କ୍ଷତିପୂରଣ ଦିଆଯିବ। ତହସିଲଦାର ଗ୍ରାମବାସୀଙ୍କ ସମ୍ମତି ଜାଣିବାକୁ ଚାହିଁଲେ। ଶହେ ଗ୍ରାମବାସୀ ଏଥିପାଇଁ ରାଜିହୋଇ ଗଲେ। ଉକ୍ତ ଜମିରେ ପାଞ୍ଚଟି ପ୍ରକଳ୍ପ କରିବା ପାଇଁ ଅଢେଇ କୋଟି ଦରକାର ବୋଲି ସୂତାକଳ ମାଲିକ କହିଲେ। ସେ ନିଜେ ଏକ କୋଟି ଖର୍ଚ୍ଚ କରି ପାରିବେ। ଏକଥା ଶୁଣି ତହସିଲଦାର କହିଲେ ଆପଣଙ୍କୁ ଅବଶିଷ୍ଟ ଦେଢ କୋଟିର ବ୍ୟାଙ୍କରୁ ଋଣ କରି ଯୋଗାଇ ଦିଆଯିବ। ଦେଢ ବର୍ଷର ଭାଇକୁ କାଖେଇ ଧରିଥିଲା ସାତ ବର୍ଷର କୁନି ଝିଅ ସ୍ୱପ୍ନା। ଆଖିରେ ତା'ର ଥିଲା ଅଜସ୍ର ସ୍ୱପ୍ନ।

ଆର ଦିନ ସକାଳୁ ପଡ଼ୋଶି ଘର ମାଉସିଙ୍କ ଜିମାରେ ଅଂଶୁକୁ ଛାଡ଼ି ସ୍ୱପ୍ନା, ପୂଜା, ଖୁସି ଓ ଲିଜା ସହ ମୁମ୍ବାଇ ଗସ୍ତରେ ବାହାରି ପଡ଼ିଲା। ସେମାନେ ମୁମ୍ବାଇର ପୁଲିସ କମିଶନରଙ୍କ ସହ ଏ ବାବଦରେ କଥା ହେଲେ। ଏଥିରୁ ଜଣା ପଡ଼ିଲାକି

ହତ୍ୟାକାରି ହତ୍ୟା କଲା ପରେ ଉକ୍ତ ଘରେ ସାରା ରାତି ରହିଥିଲା। ସ୍ୱପ୍ନା କମିଶନରଙ୍କୁ ଅନେକ ପ୍ରଶ୍ନ ପଚାରିଲା ସେ ଦୃଢ ବିଶ୍ୱାସର ସହ କହିଲା, ଖୁବ କମ ସମୟରେ ହତ୍ୟାକାରି ଧରା ପଡ଼ିବ। ସ୍ୱପ୍ନାର ପରାମର୍ଶ ଅନୁସାରେ ଖୁସି ଉକ୍ତ କୋଠରିର ହାଇ ଡେଫିନେସନ କ୍ୟାମେରାସହ ଫରେନ୍ସିକ୍ ଯାଞ୍ଚ ଆରମ୍ଭ କରିଦେଲା। କ୍ୟାମେରାରେ ଉକ୍ତ କୋଠରିରୁ ଏକ ମଲା ମଶାର ସନ୍ଧାନ ପାଇ ସ୍ୱପ୍ନା ଖୁସିରେ ନାଚି ଉଠିଲା। ସ୍ୱପ୍ନାର ନିର୍ଦ୍ଦେଶରେ ଉକ୍ତ ମଲା ମଶାର ରକ୍ତକୁ ସଂଗ୍ରହ କରି ଡିଏନଏ ଯାଞ୍ଚ ହେଲା। ଏପଟେ ଉକ୍ତ ବିଶିଷ୍ଟ ବ୍ୟବସାୟୀଙ୍କ ପାଖ ପଡ଼ୋଶି ସମସ୍ତଙ୍କ ଡିଏନଏ ଯାଞ୍ଚ କାର୍ଯ୍ୟ ମଧ୍ୟ ଚାଲିଥାଏ। ଶେଷରେ ଜଣେ ବ୍ୟକ୍ତିର ଡିଏନଏ, ମଶା ରକ୍ତର ଡିଏନଏ ସହ ମେଳ ଖାଇଲା। ମୁମ୍ବାଇ ପୁଲିସ ଓ ସ୍ୱପ୍ନାର ଟିମକୁ ବହୁତ ବଡ଼ ସଫଳତା ମିଳିଲା। ଦୋଷୀକୁ ଗିରଫ କରାଗଲା। ଯାଞ୍ଚର ସମସ୍ତ କଥା "ସ୍ୱପ୍ନାର ସଂଘର୍ଷର କାହାଣୀ" ନାମରେ ଭାଇରାଲ ହେବାକୁ ଲାଗିଲା। ପୁଲିସର ଘୋଷଣା ମୁତାବକ ସ୍ୱପ୍ନାର ଆକାଉଣ୍ଟକୁ ଦଶକୋଟି ପଇଠ କରାଗଲା।

ତହସିଲଦାରଙ୍କ ସହାୟତାରେ ତେଜସ୍ ଅଙ୍କଲଙ୍କୁ ବ୍ୟାଙ୍କ ମାଧ୍ୟମରେ ଦେଢ କୋଟି ଋଣ ସହାୟତା ମିଳିସାରି ଥାଏ। ପ୍ରକଳ୍ପ କାର୍ଯ୍ୟ ଶେଷ ପରେ ଗାଁ ଲୋକେ ରୋଜଗାର ସହ କ୍ଷତିପୂରଣ ମଧ୍ୟ ପାଇ ଥିଲେ। ସମସ୍ତଙ୍କ ମୁହଁରେ ହସ ଫୁଟି ଉଠିଲା

....

"ସ୍ୱପ୍ନାର ସଂଘର୍ଷ"- ଏହି ଗଳ୍ପଟି ଷ୍ଟୋରିମିରର୍ ପ୍ଲାଟଫର୍ମରେ ୭ ଡିସେମ୍ବର ୨୦୨୧ ମାସରେ ପ୍ରକାଶ ପାଇଛି।

■

ପ୍ରାୟଶ୍ଚିତ

ସେଦିନ ଶନିବାର ଥିଲା। ସାର ଓ ପିଲାମାନଙ୍କ ପାଇଁ ସ୍ୱତନ୍ତ୍ର ଦିନ। ପାଠ ପଢ଼ାସହ ନିଜର 'ଅତୀତର ଅନୁଭୂତି ସେୟାର କରିବା' ବିଷୟବସ୍ତୁ ଥିଲା। ସମସ୍ତ ପିଲା ଡ୍ରିଲ କରିବା ପରେ ଶ୍ରେଣୀଗୃହରେ ପ୍ରବେଶ କଲେ। ଆଗ ବେଞ୍ଚରେ ବସିବା ପାଇଁ ଆୟତ ଯିବା ସମୟରେ ଆଗରୁ ସେଠାରେ ସୀମା ଓ ତା'ର ଦୁଇଜଣ ସାଙ୍ଗ ବସିଥିଲେ। ଆୟତ ସେଠି ବସିବା ପାଇଁ କହିଲା। ଏହାକୁ ନେଇ ସାଙ୍ଗମାନଙ୍କ ମଧ୍ୟରେ ଯୁକ୍ତିତର୍କ ହେଲା। ଯିଏ ଆଗ ଆସିବ ସିଏ ଆଗ ବେଞ୍ଚରେ ବସିବ ବୋଲି ସେମାନେ କହୁଥିଲେ। ଶେଷରେ ଆୟତ ରାଗ ତମତମ ହୋଇ ପଛ ବେଞ୍ଚରେ ଯାଇ ବସିଲା। ସବୁବେଳେ ଆଗ ବେଞ୍ଚରେ ବସୁଥିବା ଆୟତ ଆଜି ପଛ ବେଞ୍ଚରେ ବସିଥିବାରୁ ତାକୁ ବହୁତ ଖରାପ ଲାଗୁଥିଲା। ଏଇ ସମୟରେ ଶ୍ରେଣୀ ଗୃହରେ ସାର ପ୍ରବେଶ କଲେ। ସାରଙ୍କୁ ଦେଖି ଆୟତ ଭୋଭୋ କାନ୍ଦି ଉଠିଲା। ଶ୍ରେଣୀଗୃହରେ କେହି କିଛି କହୁ ନଥିଲେ। ସାର ତାକୁ କାନ୍ଦିବାର କାରଣ ପଚାରୁଥିଲେ। ସେ କିଛି କହିଲା ନାହିଁ। କିନ୍ତୁ ତାକୁ ତା' ସାଙ୍ଗମାନଙ୍କ ତା' ପ୍ରତି ବ୍ୟବହାର ବହୁତ ଖରାପ ଲାଗିଲା।

ସାର୍ ପିଲାମାନଙ୍କୁ ଦୁଇ ମିନିଟ୍ ଆଖିବୁଜି ସାଙ୍ଗମାନଙ୍କ ସହ ଭୁଲି ନଥିବା ଦିନ ସ୍ମରଣ କରିବା ପାଇଁ କହିଲେ ଓ ଏ ବିଷୟରେ ନିଜର ସେଇ ସ୍ମରଣୀୟ ଦିନ ଗୁଡ଼ିକୁ ଡାଇସକୁ ଆସି ସେୟାର କରିବା ପାଇଁ କହିଲେ। ଆୟତ ଓ ସୀମାସହ ଆଗ ବେଞ୍ଚରେ ବସିଥିବା ସାଙ୍ଗମାନେ ମଧ୍ୟ ଏ ବିଷୟରେ ଭଲ ଦିନସବୁ ସ୍ମରଣ କରିବାକୁ ଲାଗିଲେ। ତିନି ମିନିଟ ଆଖିବୁଜି ନିରବ ରହିବା ପରେ ସମସ୍ତ ପିଲା

ଶାନ୍ତ ପଡ଼ିଯାଇଥିଲେ। ସୀମା ଆଗବେଞ୍ଚରେ ବସିଥିବାରୁ ତାକୁ ପ୍ରଥମେ ସାଙ୍ଗ ମାନଙ୍କସହ ଭଲ ଦିନର ସ୍ମୃତି ଡାଇସ୍ ଉପରକୁ ଯାଇ କହିଲା। ସାଙ୍ଗମାନେ! ଦେଢବର୍ଷ ତଳର କଥା। 'ସେତେବେଳେ ମୁଁ ଷଷ୍ଠଶ୍ରେଣୀରେ ପଢୁଥିଲି। ଶନିବାର ଦିନ ଥାଏ। ମୋତେ ପ୍ରବଳ ଜ୍ୱର ହୋଇଥାଏ। ମୁଁ ସ୍କୁଲକୁ ତିନିଦିନ ହେଲା ଆସି ନଥାଏ। ଲକଡାଉନ ସମୟରେ ବାପା ଗୁଜରାଟରୁ ଫେରି ଘରେ ବସି ରହିଥାନ୍ତି। ରେଜଗାରର କୌଣସି ବାଟ ନଥାଏ। ମୋତେ ଜ୍ୱର ହୋଇଥିବା ଜାଣି ଆୟତ ମୋତେ ଶ୍ରେଣୀରେ ନପାଇ ବ୍ୟସ୍ତ ହୋଇ ପଡ଼ିଥିଲା ବୋଲି ପରେ ମୁଁ ସାଙ୍ଗ ପିଲାମାନଙ୍କ ଠାରୁ ଶୁଣିବାକୁ ପାଇଥିଲି। ତା' ପର ଦିନ ସେ ତା' ବାପାଙ୍କ ସହ ମୋତେ ମୋ ଆମ ଘରେ ଆସି ଦେଖା କରିଥିଲା। ମୋ ମୁଣ୍ଡ ଆଁଉସି ଦେଇଥିଲା। ତା' ବାପାଙ୍କ ପରାମର୍ଶରେ ମୋର ରକ୍ତ ପରୀକ୍ଷା ହୋଇଥିଲା। ରିପୋର୍ଟରେ ବ୍ରେନ ମ୍ୟାଲେରିଆ ହୋଇଥିବା ଜଣା ପଡ଼ିଥିଲା। ରିପୋର୍ଟ ଦେଖି ମୋ ବାପା ଛାନିଆ ହୋଇ ପଡ଼ିଥିଲେ। ଡାକ୍ତର ଅଙ୍କଲ କହୁଥିଲେ ଠିକ୍ ସମୟରେ ଝିଅକୁ ଆଣିଛନ୍ତି। ଆଉ ଦିନେ ଡେରି କରିଥିଲେ ଅସୁବିଧା ହୋଇଥାନ୍ତା। ଆୟତ ବାବା ମୋ ବାପାଙ୍କୁ ଧର୍ଯ୍ୟ ଧରିବାକୁ କହି ବୁଝେଇବା ସହ ସରକାରୀ ଡାକ୍ତରଖାନାରେ ଔଷଧର ସମସ୍ତ ବ୍ୟବସ୍ଥା କରିଥିଲେ'। ଏତିକି କହିବା ପରେ ସୀମା ଆଖିରୁ ଲୁହଝରି ପଡୁଥିଲା। ସେ କଥା କହି ପାରୁ ନଥିଲା। ଡାଇସ ଉପରେ କଇଁ କଇଁ କାନ୍ଦିବାକୁ ଲାଗିଲା। ଆୟତ ପଛ ବେଞ୍ଚରେ ବସି ଏସବୁ ଶୁଣୁଥିଲା। ସେ ଡାଇସ ଉପରକୁ ଆସି ସୀମାକୁ କୁଣ୍ଢେଇ ପକାଇଲା। ଏ ଦୃଶ୍ୟ ଦେଖି ଶ୍ରେଣୀରେ ସମସ୍ତ ପିଲାଙ୍କ ଆଖିରେ ଲୁହ ଝରି ଆସି ଯାଇଥିଲା। ସୀମା ଆଉ କିଛି କହି ପାରୁ ନଥିଲା। ସେ ଆୟତକୁ ଭିଡ଼ି ଆଗ ବେଞ୍ଚରେ ବସେଇବାକୁ ଚେଷ୍ଟା କରୁଥିଲା।

ସାର୍ ଘଟଣାକୁ ଠଉରେଇ ନେଇ କହିଲେ, ପିଲାମାନେ! 'ଆଗ ବା ପଛ ବେଞ୍ଚରେ ବସିଲେ କେହି ବଡ଼ ବା ଛୋଟ ହୋଇ ଯାଇ ନଥାଏ'। ବିଦ୍ୟାଳୟ ଦିନ ଗୁଡ଼ିକର ଛୋଟ ଛୋଟ କଥାରେ ମନ ଊଣା ନକରି ନିଜର ମନ ଓ ଚିନ୍ତାଧାରାକୁ ବଡ଼ କଲେ ଆମେ ସମସ୍ତଙ୍କ ଆଦରଣୀୟ ହୋଇ ପାରିବା।

....

"ପ୍ରାୟଶ୍ଚିତ"- ଏହି ଗଳ୍ପଟି ଷ୍ଟୋରିମିରର୍ ପ୍ଲାଟଫର୍ମରେ ୮ ଡିସେମ୍ବର ୨୦୨୧ ମାସରେ ପ୍ରକାଶ ପାଇଛି।

■

ଦାୟୀ କିଏ?

ଲକଡାଉନ୍ ଯୋଗୁଁ ଅଫଲାଇନରେ ପାଠ ପଢା ହୋଇ ପାରୁନି। ସ୍କୁଲ ଯିବା ମନା। ସମସ୍ତ ପିଲା ଅନଲାଇନ ପାଠରେ ବ୍ୟସ୍ତ ରହୁଛନ୍ତି। ଯାହାବି ହେଲେ ଆଜି କାମ ଆଜିହିଁ ସାରିବାକୁ ପଡୁଛି। ବାକିଆ ରହିଲେ ମୁଣ୍ଡରେ ବୋଝ। ସେଦିନ ରାତି ଆଠଟାରେ ଖିଆପିଆ ସରିବା ପରେ ଉର୍ଫୀ ମୋବାଇଲ ନେଇ ତା' ସ୍କୁଲ ସାଙ୍ଗମାନଙ୍କ ହ୍ୱାଟସଆପ୍ ଷ୍ଟାଟସ୍ ଦେଖୁଥିଲା। ଦେବିନା ତା' ଷ୍ଟାଟସରେ ଦୁଃଖ ଇମୋଜି ରଖିଥିଲା। ଏହା ଦେଖି ଉର୍ଫୀ, ଦେବିନା ଘରେ କ'ଣ ହୋଇଛି ବୋଲି ଜାଣିବା ପାଇଁ ତାକୁ ଫୋନ କଲା। ଦେବିନାଠୁ ସବୁକିଛି ଶୁଣିବା ପରେ ତା' ମନ ଦୁଃଖରେ ଭରି ଗଲା। ଦେବିନାର ବଡ଼ ଭଉଣୀ ଭାରତୀ ଅପାଙ୍କ ପୁଣି ଦ୍ୱିତୀୟ ଥର କନ୍ୟା ସନ୍ତାନ ଜନ୍ମ ଖବରକୁ ନେଇ ତାଙ୍କ ଶାଶୁଘରେ ତିନି ଦିନ ହେଲା ଝଗଡ଼ା ଲାଗି ରହିଛି। ତାଙ୍କ ଶାଶୁବୁଢୀ ସବୁ ନାଟର ଗୋବର୍ଧନ। ବୁଢୀ ସେଦିନ ରାତିରେ ବୁଢାକୁ ବୁଝୋଉଥିଲା କି ଏଇ ଅଲକ୍ଷଣୀ ଯୋଗୁଁ ଆମ ଘରେ ପୁଣି ଝିଅ ଜନମ ହେଲା। ଏଇ ଦେଖୁନ ଆମ ଚନ୍ଦର ବଦନ ଗଉରାର ମୁହଁ କେମିତି କଳା କାଠ ଦିଶିଲାଣି। ତିନି ହେଲା ଅଖିଆ ଅପିଆ ରହି ତକିଆରେ ମୁହଁମାଡ଼ି କେମିତି ପଡ଼ି ରହିଛି। ଦେବିନାଠୁ ଏସବୁ ଶୁଣି ଉର୍ଫୀର ମନ ଦୁଃଖରେ ଭରିଗଲା।

ବୋଉ ଡାକିଲା ଏତେ ରାତିରେ କାହାସହ କଥା ହେଉଛୁ। ଉର୍ଫୀ, ବୋଉକୁ ସବୁକଥା କହିଲା। ସମସ୍ତେ ଶୋଇବାକୁ ଗଲେ, କିନ୍ତୁ ଉର୍ଫୀକୁ ଜମାରୁ ନିଦ ହେଉ ନଥାଏ। ତା' ମନରେ ବାରମ୍ବାର ପ୍ରଶ୍ନ ଆସୁଥାଏ କି ଭାରତୀ ଅପାର ଭୁଲ୍ କେଉଁଠି ରହିଲା? ବିଚାରି ନିଜ ଭାଗ୍ୟକୁ ଧରି ଶାଶୁଘରେ ଏମିତି ଗଞ୍ଜଣା

ଆଉ କେତେ ଦିନ ସହିବ? ଏମିତି ଖଟରେ ପଡ଼ି ଭାବୁ ଭାବୁ ତା'ର ନିଦ ହୋଇ ଯାଇଛି। ସକାଳେ ମୋବାଇଲ ରିଂ ଶୁଣି ତା ନିଦ ଭାଙ୍ଗିଲା। ବୋଉ କହିଲା ମଙ୍ଗଳା ସାର୍ ଙ୍କ ଫୋନ ଆସିଛି। ମଙ୍ଗଳା ସାର ଉର୍ଫୀ ସ୍କୁଲର ଗଣିତ ଓ ବିଜ୍ଞାନ ଶିକ୍ଷକ ଅଟନ୍ତି। ଉର୍ଫୀ ସାରଙ୍କୁ ସେଇ କଥା ପଚାରି ବସିଲା। ଝିଅ ଜନ୍ମ ପାଇଁ ଦାୟୀ କିଏ? ଉର୍ଫୀର ପ୍ରଶ୍ନରେ ସାର କହିଲେ, ସକାଳୁ ଉଠିଛୁ, ନିତ୍ୟକର୍ମ ସାର। ମୁଁ ଏବେ ସ୍କୁଲ ଯାଉଛି ୧୧ଟାରେ ମୋତେ ଫୋନ କରିବ। ପୂର୍ବାହ୍ନ ୧୧ଟା ପର୍ଯ୍ୟନ୍ତ ଅପେକ୍ଷା ତାକୁ ୧୧ ଘଣ୍ଟା ଅପେକ୍ଷା କରିଲା ଭଳି ଲାଗିଲା। ଏହା ମଧ୍ୟରେ ମଙ୍ଗଳା ସାରଙ୍କୁ ଉର୍ଫୀ ବୋଉ କାଲି ରାତିର ସମସ୍ତ ଘଟଣା ଫୋନ କରି କହିଦେଇ ଥାଆନ୍ତି। ଭାରତୀ ଅପାର ଶାଶୁଘର ଗାଁ ହେଉଛି ଭରତପୁର। ଏଇ ଗାଁକୁ ଲାଗିକି ରହିଛି ଏଇ ସ୍କୁଲ୍। ମଙ୍ଗଳା ସାର୍ ଏସବୁ ବୁଝି ଦେଇ ସେଇ ଅନୁସାରେ ଯୋଜନା କରିଥାନ୍ତି। ଉର୍ଫୀ ଫୋନ କରିବାରୁ ମଙ୍ଗଳା ସାର୍ ତିନି ଘଟିକାରେ ସ୍କୁଲ୍ ଆସି ପହଞ୍ଚିବାକୁ କହିଲେ। ଉର୍ଫୀ ଠିକ୍ ସମୟରେ ସ୍କୁଲରେ ପହଞ୍ଚି ଦେବିନା ସହ ତା'ର କିଛି ସାଙ୍ଗମାନଙ୍କୁ ଦେଖି ଖୁସି ହେଲା। ଉର୍ଫୀ ଓ ଦେବିନାକୁ ସ୍କୁଲ୍ ର ସାର୍ ଓ ଗୁରୁମା'ମାନେ ଦେଖି ବହୁତ ଆଶୀର୍ବାଦ ଦେଉଥାନ୍ତି। ଏମାନେ କିଛି ବୁଝି ପାରିଲେ ନାହିଁ।

ପ୍ରଧାନଶିକ୍ଷକ ଘୋଷଣା କଲେ, ଆସ ପିଲାଏ। ଆସନ୍ତାକାଲି ଅଗଷ୍ଟ ପନ୍ଦର। ଆମ ସ୍ୱାଧୀନତା ଦିବସ। ତା' ପୂର୍ବରୁ ଆମ ସ୍କୁଲକୁ ଲାଗି ରହିଥିବା ଏଇ ଗାଁରେ ଏକ ସଭା କରିବା। କରୋନା ସମୟ ଥିବାରୁ ଗାଁର ପଚାଶ ଲୋକଙ୍କୁ ନେଇ ବୈଠକ ଆରମ୍ଭ ହେଲା। ଏହି ବୈଠକର ଉଦ୍ଦେଶ୍ୟ ବିଷୟରେ ଜ୍ୟୋତି ଗୁରୁମା' ସମସ୍ତଙ୍କୁ ତାଙ୍କ ଭାଷଣରେ ଜଣେଇଲେ। ଅତିଥିମାନେ ଥିଲେ ଭରତପୁର ଗାଁର ମୁଖିଆ, ସେଇ ଗାଁର ୱାର୍ଡ ମେମ୍ବର, ପଞ୍ଚାୟତର ସରପଞ୍ଚ, ବ୍ଲକ୍ ବିଡ଼ିଓ, ଡାକ୍ତରବାବୁ, ଥାନା ବାବୁ, ଉର୍ଫୀ ସ୍କୁଲର ପ୍ରଧାନ ଶିକ୍ଷକ, ମଙ୍ଗଳା ସାର ଓ ତିନି ଜଣ ଗୁରୁମା'।

ଲୋକମାନଙ୍କ ମଧ୍ୟରେ ଭାରତୀ ଅପା, ତାଙ୍କ ସ୍ୱାମୀ, ଶାଶୁ, ଶ୍ୱଶୁର, ଗାଁର ମହିଳା ସ୍ୱୟଂସହାୟିକା ଗୋଷ୍ଠୀ ଓ ସେଇ ଗାଁର କିଛି ଯୁବକ। ଅତିଥିମାନଙ୍କ ପରିଚୟ ପ୍ରଦାନ ହେଲା, ତା'ପରେ ଉର୍ଫୀ ଓ ଦେବିନା, ଭାରତୀ ଅପାଙ୍କ ଘଟିଥିବା ବିଷୟରେ ଭାଷଣ ଦେଲେ। ଦେବିନା ଥକି ଥକି କହିଲା ବେଳେ ପୁଲିସ

ବାବୁ ତାକୁ ସାହସ ଦେଇ କହିଲେ ସବୁ ସତକଥା କହିଦେ ଝିଅ। ଏଠି କାହାର କିଛି ଅସୁବିଧା ହେବ ନାହିଁ। ସଭାରେ ବିଜ୍ଞାନ ଶିକ୍ଷକ କହିଲେ, ଏ ପୃଥିବୀରେ ସଜୀବମାନେ ନିଜର ବଂଶ ବିସ୍ତାର କରିବା ପାଇଁ ମିଳିତ ହୋଇଥାନ୍ତି। ଆମ ସମାଜରେ ପୁରୁଷମାନେ XY କ୍ରୋମୋଜୋମ୍ ବହନ କରିଥାନ୍ତି, କିନ୍ତୁ ସ୍ତ୍ରୀମାନେ XX କ୍ରୋମୋଜୋମ୍ ବହନ କରିଥାନ୍ତି। ବିଜ୍ଞାନ ସିଦ୍ଧାନ୍ତ ଅନୁସାରେ ଏମାନଙ୍କ ମିଳନ ସମୟରେ ପୁରୁଷର Y କ୍ରୋମୋଜୋମ୍ ମାଆର X କ୍ରୋମୋଜୋମରେ ଏକତ୍ରିତ ହୋଇ ପୁତ୍ର ସନ୍ତାନ ଜନ୍ମ କରେ। କିନ୍ତୁ ଯଦି XX କ୍ରୋମୋଜମ୍ ଏକତ୍ରିତ ହୁଅନ୍ତି, ତେବେ ମାଆଟି କନ୍ୟା ସନ୍ତାନ ଜନ୍ମ ଦେବ। ବିଜ୍ଞାନର ଏହି ସିଦ୍ଧାନ୍ତଟିକୁ ଡାକ୍ତର ବାବୁ ବୁଝେଇ ଦେଇ କହିଲେ କି ସ୍ତ୍ରୀଟିର ପୁଅ ବା ଝିଅ ଜନ୍ମ ପାଇଁ ପୁରଷ ହିଁ ଦାୟୀ। କ'ଣ ପାଇଁ ପୁରଷ ଦାୟୀ ବୋଲି ମହିଳାମାନେ ପଚାରିବାରୁ ଡାକ୍ତର ବୁଝେଇ କହିଲେକି XX କନ୍ୟା ସନ୍ତାନ ଓ XY ପୁତ୍ର ସନ୍ତାନର ଫଳାଫଳ ଅଟେ। ପୁରଷ ପାଖରେ XY କ୍ରୋମୋଜୋମ ଥିବାବେଳେ ସ୍ତ୍ରୀ ପାଖରେ XX କ୍ରୋମେଜୋମ୍ ରହି ଥାଏ। ସରପଞ୍ଚ କହିଲେ ଭାଇମାନେ ଦୀପ ତଳ ଅନ୍ଧାର। ଆମରି ଗାଁକୁ ଲାଗି ଏହି ସ୍କୁଲଟି ରହିଛି। କିନ୍ତୁ ଆମେ ଆମ ପିଲାଙ୍କୁ ସ୍କୁଲକୁ ପଠାଉନୁ। ଆଜି ଆମ ପାଖକୁ ସ୍କୁଲ ଆସିଛି। ସଭାରେ ବିଡ଼ିଓ କହିଲେ, ଆପଣମାନଙ୍କ ପାଖକୁ ଖାଲି ସ୍କୁଲ୍ ଆସିନି, ସରକାର ଓ ପ୍ରଶାସନ ମଧ୍ୟ ଆସିଛନ୍ତି। ଗାଁର ମହିଳା ଗୋଷ୍ଠୀର ସଭାନେତ୍ରୀ କହିଲେ, ଆଜି ଆମ ଆଖି ଖୋଲିଗଲା। ଅଯଥାରେ ଆମ ପୁରଷ ପ୍ରଧାନ ସମାଜ ଯୁଗ ଯୁଗ ଧରି ଏ ନେଇ ନାରୀ ଜାତିକୁ ଦୋଷ ଦେଇ ଆସିଛି। ମଙ୍ଗୁସାର୍ ଓ ଡାକ୍ତରବାବୁ ଠିକ୍ କଥା କହିଛନ୍ତି। ଏକଥା ଶୁଣି ଭାରତୀ ଅପା ଶାଶୁ ପକୁବୁଢ଼ୀ ନିଜ ବୋଉକୁ କୁଣ୍ଢେଇ ଧରି କାନ୍ଦି ପକାଇଲା। ୱାର୍ଡ ମେମ୍ବର କହିଲେ ଆସ ଆମେ ସ୍ୱାଧିନତା ଦିବସ ପୂର୍ବରୁ ଶପଥ ନେବା, ଏ ଗାଁରୁ ସମସ୍ତ ପ୍ରକାର ଅନ୍ଧବିଶ୍ୱାସ ଦୁର କରିବା। ପିଲାଙ୍କୁ ସ୍କୁଲ୍ ପଠେଇବା।

ସଭା ସାଙ୍ଗ ପୂର୍ବରୁ ମିତାଲି ଗୁରୁମା', ପିଣ୍ଟୁସାର୍ ଓ ପ୍ରଧାନଶିକ୍ଷକ ପ୍ରସନ୍ନ ସାର୍ ସମସ୍ତଙ୍କୁ କହିଲେକି ମହିଳାଙ୍କୁ ସମ୍ମାନ ଦେବା ଓ ସେମାନଙ୍କ ପ୍ରତି ହେଉଥିବା ଅନ୍ୟାୟରୁ ମୁକ୍ତି ଦେବା ହିଁ ପ୍ରକୃତ ସ୍ୱାଧିନତା। ସ୍ୱାଧିନତା ଦିବସ ପୂର୍ବରୁ ସାର୍ ମାନଙ୍କ ଏହି ବାର୍ତ୍ତା ସମସ୍ତ ପିଲାଙ୍କ ପାଇଁ କୌଣସି ଅମୃତରୁ କମ୍ ନଥିଲା। ମଙ୍ଗଳା ସାର୍, ଉର୍ମୀ ଓ ଦେବିନାଙ୍କୁ ଏପରି ସମସ୍ୟା ଉତଥାପନ କରିଥିବାରୁ

ସଭା ତରଫରୁ ସେମାନଙ୍କୁ ଧନ୍ୟବାଦ ଜ୍ଞାପନ କରାଯାଇ ଥିଲା।

....

"ଦାୟୀ କିଏ?"- ଏହି ଗଳ୍ପଟି ଷ୍ଟୋରିମିରର୍ ଡିସେମ୍ବର ୨୦୨୧ ମାସରେ ପ୍ରକାଶ ପାଇଛି।

■

ଶିକ୍ଷା ଓ ସଂସ୍କାର

ଆୟତ ଓ ଗୌରୀ ତିନିଜଣ ଏକା ସ୍କୁଲରେ ପଢନ୍ତି। ସୀମା ବାପା ସୈନିକ, ଆୟତ ବାପା ଚାଷୀ ହୋଇଥିବା ବେଳେ ଗୌରୀ ବାପା ଓକିଲ ଥାନ୍ତି। ସୀମା ଓ ଆୟତ ଦେଖିବାକୁ କଳା କିନ୍ତୁ ଗୌରୀ ଦେଖିବାକୁ ଗୋରା ଥିଲା। ସୀମା ଓ ଆୟତର ଶିଷ୍ଟାଚାର ଓ ଭଦ୍ର ବ୍ୟବହାର ପାଇଁ ଶ୍ରେଣୀରେ ସମସ୍ତେ ସେମାନଙ୍କୁ ଭଲ ପାଆନ୍ତି। ଗୌରୀର ରୁକ୍ଷ ବ୍ୟବହାର ପାଇଁ ତା' ବାପା ମଧ୍ୟ ତାକୁ ଅନେକ ଥର ତାଗିଦ କରିଛନ୍ତି। ତାଙ୍କ ଘରକୁ ଆସୁଥିବା ଲୋକଙ୍କୁ ସେ ରୁକ୍ଷ ବ୍ୟବହାର କରେ। ଏତେସବୁ ଆକଟ ପରେ ବି ଗୌରୀର ବ୍ୟବହାରରେ କୌଣସି ପରିବର୍ତ୍ତନ ଆସିଲା ନାହିଁ। ଗାଁରେ ପର୍ବପର୍ବାଣୀ ସମୟରେ ସମସ୍ତେ ଏକାଠି ହୁଅନ୍ତି। ସୀମା ବାପା ଗାଁକୁ ଆସିଲେ ଆମେ ପିଲାମାନେ ତାଙ୍କୁ ସାଲ୍ୟୁଟ୍ ଦେଉ। କିନ୍ତୁ ସୀମା ବାପା ଆୟତ ବାପାଙ୍କୁ ସାଲ୍ୟୁଟ୍ କରନ୍ତି। ଖୁସିରେ ତାଙ୍କୁ କୁଣ୍ଢେଇ ପକାନ୍ତି। ଏହାର କାରଣ ଗୌରୀ ବୁଝି ପାରୁ ନଥିଲା। ଗୌରୀ ବାପାଙ୍କୁ ଗାଁର ପିଲାଠୁ ବୁଢା ଯାଏଁ ସମସ୍ତେ ଓକିଲ ବାବୁ ଡାକନ୍ତି। ଏଥିପାଇଁ ଗୌରୀ ବହୁତ ଗର୍ବ କରେ। ସେଦିନ ସ୍କୁଲ ଛୁଟି ସମୟରେ ବେଲୁନବାଲା ରଙ୍ଗବେରଙ୍ଗର ବେଲୁନ ନେଇ ପଡ଼ିଆ ମଝିରେ ବିକ୍ରି କରୁଥାଏ। ସେ ବେଲୁନରେ ଗ୍ୟାସ୍ ଭରି ଗୋଟି ଗୋଟି କରି ଉଡ଼ାଉ ଥାଏ। ଆକାଶ ବେଲୁନରେ ରଙ୍ଗୀନ ଦେଖା ଯାଉଥାଏ।

ନାଲି, ନୀଳ, ଧଳା, ସବୁଜ ନାରଙ୍ଗୀ ରଙ୍ଗର ବେଲୁନସବୁ ଦେଖି ପିଲାମାନେ ବେଲୁନ କିଣିବା ପାଇଁ ତା' ଚାରିପଟେ ଜମା ହୋଇଥାନ୍ତି। ଏଇ ସମୟରେ ଗୌରି କହିଲା, "ଏ ବେଲୁନବାଲା ତୋର କଳା ରଙ୍ଗର ବେଲୁନ ତ

କାହିଁ ଆକାଶରେ ଉଡୁନି!" ସେ ଆୟତ ଓ ସୀମାକୁ ଚିଡ଼େଇବା ପାଇଁ ଦେଖେଇ ହୋଇ କହିଲା- ହଁ, ମୁଁ ଜାଣିଛି, କଳା ରଙ୍ଗର ବେଲୁନସବୁ ଆକାଶରେ ଉଡ଼ି ପାରିବ ନାହିଁ। ସେ ବେଲୁନବାଲାଠୁ ଦଶ ବାରଟି କଳା ରଙ୍ଗର ବେଲୁନ କିଣି ନିଜେ ଫୁଙ୍କି ଆକାଶରେ ଉଡ଼େଇବାକୁ ଲାଗିଲା। ସତକୁ ସତ ସେ ବେଲୁନ ସବୁ ଆକାଶକୁ ଉପରକୁ ଉପର ନଯାଇ ତଳକୁ ଖସିବାକୁ ଲାଗିଲା। ଏହା ଦେଖି ସେ ଗର୍ବରେ ଦେଖେଇ ହୋଇ ହସି ହସି ଗଡ଼ିଗଲା। ବେଲୁନବାଲା ଓ ସ୍କୁଲ୍ ପ୍ରଧାନ ଗୁରୁମା' ଏସବୁ ଦେଖୁଥାନ୍ତି। ଗୌରୀର ଏପରି ବ୍ୟବହାରରେ ସେମାନେ ଅସନ୍ତୁଷ୍ଟ ଜଣା ପଡୁଥିଲେ। ଗୁରୁମା' ପିଲାମାନଙ୍କ ପାଖକୁ ଆସି କହିଲେ, ଦେଖ ପିଲାମାନେ, ତୁମେ ଜାଣିଛ, ବାୟୁରେ ଥିବା ସମସ୍ତ ଗ୍ୟାସ୍ ମଧ୍ୟରେ ଉଦଯାନ୍ ହେଉଛି ସବୁଠାରୁ ହାଲୁକା ଗ୍ୟାସ୍। ଆକାଶରେ ଉଡୁଥିବା ବେଲୁନରେ ଏଇ ଗ୍ୟାସ ରହିଛି। ଗୁରୁମା'ଙ୍କଠୁ ଏକଥା ଶୁଣି ସୀମା ଓ ଆୟତ ଏକସ୍ୱରରେ କହି ଉଠିଲେ ତାହେଲେ ଗୁରୁମା' ବେଲୁନବାଲା ଅଙ୍କଲଙ୍କ ପାଖରେ ଏ ଯେଉଁ ପମ୍ପ ରହିଛି, ସେଥିରେ ଉଦଯାନ୍ ଗ୍ୟାସ୍ ଭର୍ତ୍ତି ହୋଇ ରହିଛି। ତେବେ କୁହ ବେଲୁନ ଅଙ୍କଲ, କଳା ରଙ୍ଗର ବେଲୁନ ଆକାଶରେ ଉପରକୁ ଉପର ଉଡ଼ି ପାରିବ କି ନାହିଁ ? ବେଲୁନବାଲା ଖୁସି ହୋଇ ହଁ କହିବା ସାଙ୍ଗକୁ ଆଠ ଦଶଟି କଳା ରଙ୍ଗର ବେଲୁନରେ ଗ୍ୟାସଭରି ଆକାଶରେ ଉଡ଼େଇ ଦେଲା। ପିଲାମାନେ ଖୁସି ହୋଇ ତାଳି ମାରିବାକୁ ଲାଗିଲେ। ଗୌରୀ ରାଗରେ ଗର ଗର ହୋଇ ପଳାଉ ଥିଲା। ପ୍ରଧାନଗୁରୁମା' ଗୌରୀ ସହ ସମସ୍ତ ପିଲାଙ୍କୁ ଅଟକେଇ କହିଲେ "ପିଲାମାନେ ତୁମ ପାଇଁ 'ଶିକ୍ଷା' ହେଉଛି ଏଇ ଉଦଯାନ୍ ଗ୍ୟାସ ଭଳିଆ। ଆଉ ତୁମ୍ଭେମାନେ ହେଉଛ ଏ ଦୁନିଆର ରଙ୍ଗ ବେରଙ୍ଗର ବେଲୁନ। ସିଏ ଯେତେ 'ଶିକ୍ଷା' ହାସଲ କରିବ ସିଏ ବେଲୁନ ଭଳିଆ ସେତେ ଉପରକୁ ଯିବ। ଏଥିପାଇଁ ଧନୀ ଦରିଦ୍ର, କି 'କଳା ଗୋରାର ଭେଦଭାବ' ନାହିଁ। ଶିକ୍ଷିତ ବ୍ୟକ୍ତି ଅନ୍ୟମାନଙ୍କୁ ସମ୍ମାନ ଦେବା ଜାଣନ୍ତି। ସେମାନେ ସେଇଥି ପାଇଁ ସମ୍ମାନ ପାଇଥାନ୍ତି। ତୁମର ଦେହର ରଙ୍ଗରେ ସମାଜରେ କିଛିବି ଫରକ ପଡ଼େନି। କିନ୍ତୁ ତୁମର ଆଚରଣ, ଉଚ୍ଚାରଣ ଓ ସଂସ୍କାରରେ ବହୁତ ଫରକ ପଡ଼ିଥାଏ। ଗର୍ବୀ, ଅହଙ୍କାରୀ ଓ ଅନ୍ୟମାନଙ୍କୁ ନୀଚ ଭାବୁଥିବା ଲୋକକୁ ଏ ସମାଜ ଶିକ୍ଷିତ ରୂପେ ଗ୍ରହଣ କରେ ନାହିଁ।

ଆମ ଦେଶକୁ ସଚ୍ଚା ଓକିଲ, ବୀର ସୈନିକ ଓ ପରିଶ୍ରମୀ ଚାଷୀ ଭାଇମାନଙ୍କର ଆବଶ୍ୟକତା ରହିଛି। ଚାଷୀ ଅନ୍ନ ଦେଇ, ଜବାନ୍ ରକ୍ତ ଦେଇ

ଓ ଓକିଲ ତା'ର ମୁଲ୍ୟବାନ ସମୟ ଦେଇ ଏ ଦେଶକୁ ଓ ଏହାର ସମ୍ବିଧାନକୁ ରକ୍ଷା କରୁଛି। ଗୁରୁମା'ଙ୍କ ବହୁମୁଲ୍ୟ କଥା ଶୁଣି ଗୌରି ବୁଝିଗଲା, କ'ଣ ପାଇଁ ତା' ବାପା, ଆୟତ ବାପାଙ୍କୁ ସାଲ୍ୟୁଟ୍ ମାରୁଥିଲେ। ଏସମସ୍ତ କଥା ଶୁଣି ଗୌରୀ ନିଜର ଭୁଲ ବୁଝି ପାରିଲା। ସେ ସୀମା, ଆୟତ ଓ ଗୁରୁମା'ଙ୍କୁ କାନ୍ଦି କାନ୍ଦି କୁଣ୍ଢେଇ ପକାଇଲା। ତା'ର ସେଇ କାନ୍ଦରେ ସମସ୍ତ ଗର୍ବ ଅହଙ୍କାର ତାଠୁ ଦୂରେଇ ଯାଇଥିଲା। ସିଏ ଏଥର ସ୍କୁଲରେ ଓ ତା'ଘରକୁ ଆସୁଥିବା ସମସ୍ତଙ୍କୁ ଭଲ ବ୍ୟବହାର କରିବାକୁ ଲାଗିଲା। ସିଏ ସଂସ୍କାରୀ ଝିଅ ପାଲଟି ଯାଇଥିଲା। ତା'ର ଏସବୁ ପରିବର୍ତ୍ତନରେ ତା' ବାପା ତା' ଉପରେ ବହୁତ ଖୁସି ହେଉଥିଲେ। ସତରେ ଶିକ୍ଷା ହିଁ ହେଉଛି ଏକମାତ୍ର ଶାସ୍ତ୍ର ଯାହା ସମାଜରେ ସଂସ୍କାର ଆଣିଥାଏ। ଏହା ଆମେ ସମସ୍ତେ ବୁଝିଗଲୁ।

....

"ଶିକ୍ଷା ଓ ସଂସ୍କାର"- ଏହି ଗଳ୍ପଟି ଷ୍ଟୋରିମିରର୍ ୨୧ ଡିସେମ୍ବର ୨୦୨୧ ମାସରେ ପ୍ରକାଶ ପାଇଛି।

■

ପରିଶ୍ରମର ଫଳ

ସେଦିନ ଥିଲା ସେପ୍ଟେମ୍ବର ପାଞ୍ଚ ତାରିଖ। ସମସ୍ତ ପିଲାଙ୍କ ପାଇଁ ଏକ ବିଶେଷ ଦିବସ। ପବିତ୍ର ଗୁରୁ ଦିବସ। ବିଦ୍ୟାଳୟର ଗେଟ୍ ଖୋଲି ପ୍ରଧାନ ଶିକ୍ଷୟତ୍ରୀ ତିନି ଜଣ ଅତିଥିଙ୍କୁ ସ୍ୱାଗତ ସମ୍ବର୍ଦ୍ଧନା ପୂର୍ବକ ବିଦ୍ୟାଳୟର ଅଭ୍ୟର୍ଥନା ହଲ ପର୍ଯ୍ୟନ୍ତ ପାଛୋଟି ନେଲେ। ଗୁରୁମା'ଙ୍କ ସହ ବିଦ୍ୟାଳୟର ସମସ୍ତ ସାର୍ ଓ ଅଷ୍ଟମ ଶ୍ରେଣୀର କିଛି ପିଲା ରହିଥିଲେ। ଗୁରୁମା' ସଭାରେ କହିଲେ, ପିଲାମାନେ ତୁମେ ଏସବୁ ଜାଣି ଖୁସି ହେବ ଯେ ଆମ ଗହଣରେ ଉପସ୍ଥିତ ଥିବା ଏହି ତିନି ଜଣ ଅତିଥି ହେଲେ ପୁଷ୍ପାଞ୍ଜଳୀ ଦାସ, ସଙ୍ଗୀତା ପ୍ରୀୟଦର୍ଶିନୀ ଓ ସ୍ୱପ୍ନାରାଣୀ ମହାନ୍ତ। ଏମାନେ ଆମ ଦେଶ ଓ ରାଜ୍ୟ ପାଇଁ ସୁନାମ ଅର୍ଜନ କରିଛନ୍ତି। ପୁଷ୍ପା ଆମ ବାୟୁସେନାରେ ଏଇ ବର୍ଷ ପାଇଲଟ୍ ଭାବେ ଯୋଗ ଦେଇଛନ୍ତି। ସଙ୍ଗୀତା ଶାନ୍ତିନିକେତନ ବିଶ୍ୱବିଦ୍ୟାଳୟର ଓଡ଼ିଆ ବିଭାଗର ପ୍ରଫେସର ଓ ସ୍ୱପ୍ନାରାଣୀ ଏନଡି ଟିଭିର ବିଶିଷ୍ଟ ରିପୋର୍ଟର। ଆଜିର ଏହି ପବିତ୍ର ଦିବସରେ ଆସ ଏବେ ଆମେ ସେମାନଙ୍କ ମୁହଁରୁ କିଛି ଶୁଣିବା। ସମସ୍ତ ତାଳିମାରି ଏହି ତିନିଜଣ ଅତିଥିଙ୍କୁ ସ୍ୱାଗତ କଲେ। ଅତିଥିଙ୍କ ହସ ହସ ମୁହଁ ଦେଖି ପିଲାମାନେ ଖୁସି ହେଉଥିଲେ। ପୁଷ୍ପାରାଣୀ କହିବାକୁ ଆରମ୍ଭ କଲେ, ପିଲାଏ ଆଜିକୁ ୧୫ ବର୍ଷ ପୂର୍ବେ ଆମେ ଏଇ ତିନିଜଣ ସାଙ୍ଗ ତୁମ ଭଳି ଏଇ ବିଦ୍ୟାଳୟରେ ପଢୁଥିଲୁ। ସେତେବେଳେ ପ୍ରତି ଶନିବାର ଏଇ ବିଦ୍ୟାଳୟରରେ ପାଠ ପଢା ସହ ଆମକୁ ଆମ ସାର୍ ମାନେ ଗୀତ, ଗପ, ପେଣ୍ଟିଙ୍ଗ୍, ଖେଳ, ସଭା ଆୟୋଜନର ନୀତି ନିୟମ, ଡିବେଟ୍, ତର୍କ ପ୍ରତିଯୋଗୀତା ଓ ନିଜର ଆଗ୍ରହର ବିଷୟ ଆଦିର ଶିକ୍ଷା ଦେଉଥିଲେ ଓ ଆମକୁ ଉତ୍ସାହିତ କରୁଥିଲେ। ଏସବୁ ଆମେ ସମସ୍ତେ ଖୁବ୍ ଉପଭୋଗ କରୁଥିଲୁ।

ମୋତେ ଆଜିବି ମନେ ଅଛି, ସଂଗୀତା ସେତେବେଳେ କହୁଥିଲା ସପ୍ତାହକର ସାତ ଦିନ ଶନିବାର ହୋଇ ଯାଆନ୍ତା କି! ସଙ୍ଗୀତା ଦିଦି କହିଲେ କି ପିଲାଏ, ଯେତେବେଳେ ଏଇ ସ୍କୁଲର ହତା ଉପର ଦେଇ ଉଡ଼ାଯାହାଜ ଉଡ଼ିଯାଏ, ପୁଷ୍ପାର ଖୁସିରେ ସାରଙ୍କୁ ଦେଖେଇ ତା' ମନ କଥା କହୁଥିଲା। ସାର୍, ଆପଣ ଦେଖିବେ, ମୁଁ ଦିନେ ପାଇଲଟ ହେବି। ଶେଷରେ ସ୍ୱପ୍ନାରାଣୀ ଦିଦି କହିଲେ କି ଜୀବନରେ ସଫଳତା ହାସଲ କରିବାର ଏକମାତ୍ର ବାଟ ହେଲା ପରିଶ୍ରମ। କଠିନ ପରିଶ୍ରମର ଅନ୍ୟ କୌଣସି ବି ବିକଳ୍ପ ନାହିଁ। ତୁମେ ପରିଶ୍ରମର ମୁଲ୍ୟ ସେତେବେଳେ ବୁଝିବ, ଯେତେବେଳେ ତୁମେ ଆମଭଳି ସଫଳତାର ପାହାଚ ଚଢ଼ି ପାରିବ। ସଫଳତାର ରହସ୍ୟ କେବଳ ପରିଶ୍ରମରେ ହିଁ ଲୁଚି ରହିଥାଏ। ନାନୁ ସାରଙ୍କ ଏହିକଥାକୁ ଆଜି ଆମେ ସତ୍ୟରେ ପରିଣତ କରିଛୁ। ବର୍ଷ ବର୍ଷଧରି "ପରିଶ୍ରମର ଫଳ" ଆଜି ପାଇଛୁ। ସ୍ୱପ୍ନକୁ ବାସ୍ତବତାରେ ପରିଣତ କରିଛୁ। ସାରଙ୍କ ସାମନାରେ ଆମେ ତିନି ସାଙ୍ଗ ଶପଥ କରିଥିଲୁ ଠିକ୍ ୧୫ ବର୍ଷ ପରେ ଆଜିର ଦିନରେ ଏହି ବିଦ୍ୟାଳୟରେ ଏକାଠି ହୋଇ ଆମ ସଫଳତାର କାହାଣୀ ପିଲାଙ୍କୁ କହି ସେମାନଙ୍କୁ ଉତ୍ସାହିତ କରିବୁ। ଠିକ୍ ଏଇ ସମୟରେ ଗୁରୁମା'ଙ୍କ ମୋବାଇଲ ରିଂ ବାଜି ଉଠିଲା। ଗୁରୁମା' ଫୋନ୍ ସ୍ପିକର୍ ଅନ୍ କରି କଡ଼ଲେସ୍ ଫୋନ ସଭା ସାମନାରେ ଥୋଇଦେଲେ। ସେପଟୁ କଥା ହେଉଥିଲେ ପୁଷ୍ପା, ସଂଗୀତା ଓ ସ୍ୱପ୍ନା ଦିଦିଙ୍କ ସେଇ ନାନୁ ସାର୍। ଗୁରୁଙ୍କ ସହ ଶିଷ୍ୟଙ୍କ ଭିଡ଼ିଓ କଲରେ ପୁନଃମିଳନ ଓ ବାର୍ତ୍ତାଳାପ ଆମ ସମସ୍ତଙ୍କୁ ପୁଣି ଏକ ଶପଥର ବାଟ ଦେଖାଉଥିଲା।

....

"ପରିଶ୍ରମର ଫଳ"- ଏହି ଗଳ୍ପଟି ବେଙ୍ଗାଲୁରୁ ପ୍ରତିଲିପି ୱେବପେଜ୍ ସାହିତ୍ୟ ପ୍ଲାଟଫର୍ମରେ ୬ ଫେବୃୟାରୀ ୨୦୨୨ ମାସରେ ପ୍ରକାଶ ପାଇଛି।

■

ଏକ ଅନନ୍ୟ ଗୁରୁଦିବସ

ସେ ଦିନ ଆୟତ ଘରର ପୁରୁଣା ଆଲମାରି ସଫା କରୁଥାଏ। ଏଇ ସମୟରେ ତାର ନଜର ସ୍ପାଇରାଲ୍ ବାଇଣ୍ଡି ଙ୍ଗ ହୋଇଥିବା ଏକ ପୁସ୍ତକ ଉପରେ ପଡ଼ିଲା। ପୁସ୍ତକଟି ଇଁରାଜୀରେ ଲେଖା ହୋଇଥାଏ। ଘରେ ତା ବାବା ନଥାନ୍ତି। ସେ ସେଇଟାକୁ ନେଇ ଦେବିନା ଘରକୁ ଗଲା। ଦେବିନା ଘରେ ମଧ୍ୟ ତା' ନନା ନଥାନ୍ତି। ଏଇ ପୁସ୍ତକ ବିଷୟରେ ଜାଣିବା ପାଇଁ ସେମାନଙ୍କର ଆଗ୍ରହ ବଢିଲା। ସେମାନେ ଶୁଣିଥିଲେ ଗୁଗୁଲ୍ ଲେନସ୍ ଓ ଗୁଗୁଲ୍ ଟ୍ରାନ୍ସଲେଟ୍ ଆପ୍ ବ୍ୟବହାର କରି ଯେକୌସି ଭାଷାକୁ ନିଜ ଭାଷାରେ ପଢିହେବ। ସେମାନେ ପ୍ଲେଷ୍ଟୋରରୁ ଏହି ଆପ୍ ଡାଉନଲୋଡ୍ କରି ଆଣ୍ଡ୍ରଏଡ୍ ମୋବାଇଲରେ ଏହି ପୁସ୍ତକ ପଢିବାକୁ ଲାଗିଲେ। ପୁସ୍ତକରେ ଥିବା ଜ୍ଞାନକୁ ପାଇ ସେମାନେ ଆଶ୍ଚର୍ଯ୍ୟର ସୀମା ରହିଲା ନାହିଁ। ସେପଟେମ୍ବର ପାଞ୍ଚକୁ ଆଉ ମାତ୍ର ପନ୍ଦର ଦିନ ବାକିଥାଏ। ସେମାନେ ନିଜ ଗାଁ ଓ ପାଖ ଗାଁର ପିଲାଙ୍କୁ ଏକାଠି କରି ଘର ଘର ବୁଲି ସର୍ଭେ କାମରେ ଲାଗି ପଡ଼ିଲେ। ଆୟତ ଓ ସୀମାର ନେତୃତ୍ୱରେ ପିଲାମାନଙ୍କର ଏପରି କାମ ଦେଖି ଗାଁ ଲୋକମାନେ ଠଉରାଇ ନେଇଥିଲେ ପୂର୍ବ ପରି ଏଥର ମଧ୍ୟ ନିଶ୍ଚିତ କିଛି ନୂଆ ଘଟଣା ଘଟିବ। ସେମାନଙ୍କ ଅନୁମାନ ଠିକ୍ ଥିଲା। ଆୟତ ଓ ସୀମା ସ୍କୁଲକୁ ଯାଇ ପ୍ରଧାନଶିକ୍ଷକଙ୍କୁ ଭେଟି ଗୁରୁ ଦିବସ ପାଳନ ବିଷୟରେ ଆଲୋଚନା କଲେ। କିନ୍ତୁ ଲକଡାଉନ୍ ଯୋଗୁଁ ଏଥର କେବଳ ନବମ ଦଶମ ପିଲା ବ୍ୟତୀତ ଅନ୍ୟ ପିଲାଙ୍କୁ ସରକାରୀ ଅନୁମତି ନାହିଁ ବୋଲି ପ୍ରଧାନ ଶିକ୍ଷକ କହିଲେ। ଆୟତ କହିଲା ଗୁରୁଜୀ, ଆପଣମାନଙ୍କୁ ଭକ୍ତି ପ୍ରଦର୍ଶନ ଓ ଆମ ଅଧିକାର ବିଷୟରେ ଆଲୋଚନା ପାଇଁ ଆମକୁ ସୁଯୋଗ ଦିଅନ୍ତୁ।

ଆମ ସ୍କୁଲରେ ପ୍ରୋଜେକ୍ଟର୍ ରହିଛି। ଆମେ ଅଷ୍ଟମ ପିଲା "ଗୁଗୁଲ୍ ମିଟ"ର ବ୍ୟବହାର କରି ଅନଲାଇନରେ ଏଥର ଗୁରୁ ଦିବସରେ ଯୋଗ ଦେଲେ କେମିତି ହୁଅନ୍ତା? ଆୟତର ପ୍ରସ୍ତାବ, ତା' ସାଙ୍ଗ ସୀମାର ଆଗ୍ରହ ଓ ବିଦ୍ୟାଳୟର ସମସ୍ତ ଗୁରୁମା'ଙ୍କ ଉତ୍ସାହ ଦେଖି ପ୍ରଧାନ ଶିକ୍ଷକ ଖୁସିରେ ରାଜି ହୋଇଗଲେ। ମୁଖ୍ୟ ଓ ସମ୍ମାନୀତ ଅତିଥି ଭାବରେ ଜିଲ୍ଲା ଶିଶୁ କଲ୍ୟାଣ ଅଧିକାରୀ, ଆମ ବ୍ଲକର ଶିଶୁ ଉନ୍ନୟନ ପ୍ରକଳ୍ପ ଅଧିକାରୀ(ସିଡିପିଓ)ଓ ସ୍ଥାନୀୟ ସମସ୍ତ ରିପୋର୍ଟର ଓ ଗଣମାଧ୍ୟମ ପ୍ରତିନିଧିଙ୍କୁ ଉକ୍ତ ଦିବସରେ ଅନଲାଇନରେ ଉପସ୍ଥିତ ରହିବା ପାଇଁ ପିଲାମାନେ କହିବାରୁ ପ୍ରଧାନଶିକ୍ଷକ ସେମାନଙ୍କ ସହ ଯୋଗାଯୋଗ କରିଥିଲେ। ଶିଶୁ ଅଧିକାରୀ ଓ ଗଣମାଧ୍ୟମ ରିପୋର୍ଟରମାନେ ଖୁସି ହୋଇ ଉକ୍ତ ଦିବସରେ ଯୋଗ ଦେବେ ବୋଲି ହଁ ଭରିଲେ। ପିଲାମାନଙ୍କ ସମସ୍ତ ସର୍ଭେ ଶେଷ ହୋଇ ଥାଏ। ସେମାନେ ଉକ୍ତ ଦିବସ ପାଇଁ ନିଜକୁ ପ୍ରସ୍ତୁତ କରିଥାନ୍ତି।

ପ୍ରତିକ୍ଷାର ଅନ୍ତ ଘଟିଲା। ସେପ୍ଟେମ୍ବର ପାଞ୍ଚ ଗୁରୁ ଦିବସ ଦିନ ଅଷ୍ଟମ ପିଲାଙ୍କ ଅନଲାଇନ ବୈଠକକୁ ନବମ, ଦଶମ ପିଲାଙ୍କ ସହ ସମସ୍ତ ଅତିଥି ଖୁବ ଉପଭୋଗ କଲେ। ଆୟତ ତା'ର ଭାଷଣରେ ଗୁରୁଭକ୍ତି ଉପରେ ଅନେକ ଐତିହାସିକ କଥା କହିବା ପରେ ଶିଶୁ ଅଧିକାର ଉପରେ କହିଲା, ଆମ ଅଂଚଳରେ ତିନି ପ୍ରକାର ଶିଶୁ ରହିଛନ୍ତି। ପ୍ରଥମ, ଆଦୌ ସ୍କୁଲ ଘର ମାଡୁ ନଥିବା ଶିଶୁ, ଦ୍ୱିତୀୟ ଅଧାରୁ ପାଠ ଛାଡୁଥିବା ଶିଶୁ ଓ ତୃତୀୟ ପ୍ରକାର ଶିଶୁ ହେଉଛନ୍ତି ଆମ ତୁମ ଭଳି ପିଲା ଓ ବାଳିକା ଯେଉଁମାନେ ବିଦ୍ୟାଳୟରେ ନାମ ଲେଖାଇଛନ୍ତି କିନ୍ତୁ କେତେକ ବିଦ୍ୟାଳୟରେ ଉପଯୁକ୍ତ ଶୌଚାଳୟର ରକ୍ଷଣାବେକ୍ଷଣ ଅଭାବରୁ ବିଭିନ୍ନ ରୋଗର ଶିକାର ହେଉଛନ୍ତି। ସେଥିପାଇଁ ଅଧିକ ସଂଖ୍ୟାରେ ଏମାନେ ବିଦ୍ୟାଳୟରେ ଅନୁପସ୍ଥିତ ରହୁଛନ୍ତି। ଏଥିପାଇଁ ଆମେ ଅଷ୍ଟମ ପିଲା ଏଇ ଲକଡାଉନ୍ ସମୟରେ ଏଇ ସର୍ଭେ କରିଥିଲୁ। ଏଥିରେ ସମସ୍ତ ପିଲାମାନଙ୍କ ନାମ, ସ୍ଥାନ ଓ ମୋବାଇଲ ନମ୍ବର ରହିଛି। ଏହାର ପିଡିଏଫ୍ କପି ଓ ଏବେ ବିଦ୍ୟାଳୟର ହ୍ୱାଟସଆପ୍ ଗ୍ରୁପରେ ଆମ ସାଙ୍ଗ ସୀମା ପଠେଇଛନ୍ତି। ଆୟତର ଭାଷଣ ପରେ, ଏତେ ଗଭୀର ଅଧ୍ୟୟନ ବିଷୟର ରହସ୍ୟ ଉପରେ ପରଦା ଉଠେଇବାକୁ ଯାଇ ସୀମା ତା' ଭାଷଣରେ ଉକ୍ତ ବାଇଡିଙ୍ଗ୍ ପୁସ୍ତକ ଯାହା ଆୟତ ବାବାଙ୍କ ଏମ୍‌ଏ ପଢିବା ସମୟରେ ସେଇଟି ଏକ ପ୍ରକଳ୍ପ ପୁସ୍ତକ ଥିଲା ସେସବୁ ବିଷୟରେ କହିଲା। ଏ ସମସ୍ତ ଘଟଣା ଶୁଣି ଓ ପିଲାଙ୍କ ସର୍ଭେ ରିପୋର୍ଟ ଦେଖି

ଶିଶୁ କଲ୍ୟାଣ ଅଧିକାରୀ କହିଲେ ଆଜି ଉକ୍ତ ପ୍ରକଳ୍ପର ପୋଥି ବାଇଗଣକୁ ବାଡ଼ି ବାଇଗଣରେ ପରିଣତ କରି ଆୟତ ଓ ସୀମା ଆମ୍ଭମାନଙ୍କ ଆଖି ଖୋଲି ଦେଇଛନ୍ତି। ଖୁବ ଶୀଘ୍ର ଏ ସମସ୍ୟାର ସମାଧାନ ଯୁଦ୍ଧକାଳିନ ଭିତ୍ତିକ କରାଯିବ। ଆର ଦିନ ପିଲାଙ୍କ ଏହି ଅନନ୍ୟ ଗୁରୁ ଦିବସର କାହାଣୀ ସମସ୍ତ ଖବରକାଗଜର ମୁଖ୍ୟପୃଷ୍ଠାରେ ସ୍ଥାନ ପାଇଥିଲା। ସତରେ ସୂଚନା ଯୋଗାଯୋଗ ଓ ପ୍ରଯୁକ୍ତି ବିଦ୍ୟା(ଆଇସିଟି) ଆମ ପିଲାମାନଙ୍କୁ କେତେ ସଶକ୍ତ କରିଦେଇଛି ତାହା ଆମ ସମସ୍ତଙ୍କୁ ଆଶ୍ଚର୍ଯ୍ୟ କରିଛି ବୋଲି ପ୍ରଧାନଶିକ୍ଷକ ଏହା କହି ପିଲାଙ୍କ ପାଇଁ ଗର୍ବ କରୁଥିଲେ।

....

"ଏକ ଅନନ୍ୟ ଗୁରୁଦିବସ"- ଏହି ଗଳ୍ପଟି ଷ୍ଟୋରିମିରର୍ ସାହିତ୍ୟ ପ୍ଲାଟଫର୍ମରେ ୮ ଡିସେମ୍ବର ୨୦୨୧ ମାସରେ ପ୍ରକାଶ ପାଇଛି।

■

ଆୟତର ଜନ୍ମଦିନ

ବଣଜଙ୍ଗଲ ଘେରା ଏଇ ଗାଁଟିର ନାମ ହେଉଛି ଫକିରସାହି। ଏଇଟି ହେଉଛି ଆୟତର ଗାଁ। ଗାଁଟିର ପରିବେଶ ଓ ପ୍ରାକୃତିକ ଶୋଭା ଦେଖି ସମସ୍ତେ ମୁଗ୍ଧ ହୋଇ ଯାଆନ୍ତି। ପଶୁମାନେ କଥା କହିପାରନ୍ତି ନାହିଁ। କଥା କହି ପାରୁଥିବା ଜୀବଟି ହେଉଛି ମଣିଷ। ମଣିଷ ପଶୁମାନଙ୍କ ପ୍ରତି ଦୟାଭାବ ଦେଖେଇବା ଉଚିତ। ଅନେକ ସିଦ୍ଧ ପୁରଷଙ୍କ ଏଇ କଥାଟି ଆୟତ ଓ ତା' ସାଙ୍ଗ ସୀମାର ଜୀବନରେ ବହୁତ ପ୍ରଭାବ ପକେଇ ଥିଲା। ଯାହାର ଫଳସ୍ୱରପ ଏଇ ବଣ ଜଙ୍ଗଲ ଘେରା ଗାଆଁଟିରେ ଥିବା ପଶୁ ପକ୍ଷୀମାନେ ଦିନକୁ ଦିନ ଆୟତ ଓ ସୀମାର ବନ୍ଧୁ ପାଲଟିବାରେ ଲାଗିଥିଲେ। ଗତ ମାସରେ ଦୁର୍ଘଟଣାର ଶିକାର ହୋଇ ଆହତ ହୋଇଥିବା ମୋହନା ଭଳି ପଶୁ(କୁକୁର) ଆୟତ ଓ ସୀମାର ପ୍ରଚେଷ୍ଟାରେ ଚିକିତ୍ସିତ ହୋଇ ସେମାନଙ୍କର ଚୀର ବନ୍ଧୁ ପାଲଟି ଥିଲା। ଏ ସପ୍ତାହରେ ବଣ ଭୂଆ(ଓଧ)ଟି ପାଖ ପୋଖରୀରେ ବୁଡ଼ି ମାଛ ଧରୁଥିବା ସମୟରେ ଗାଁର ଦୁଷ୍ଟ ପିଲାଙ୍କ ହାବୁଡ଼ରେ ପଡ଼ିଯାଇ ଖଣ୍ଡିଆ ଖାବରା ହୋଇ ଯାଇଥିଲା। ଆୟତ ଓ ସୀମା ଠିକ ସମୟରେ ପହଞ୍ଚି ଏହି ଜୀବଟିକୁ ପିଲାଙ୍କ କବଳରୁ ଉଦ୍ଧାର କରି ତା'ର ଘରୋଇ ଚିକିତ୍ସା କରିଥିଲେ। ସେମାନେ ଭୂଆଟିର ନାମ ମୋହିନୀ ରଖିଥିଲେ। ମୋହିନୀ ଯେତେ ଦିନ ଘରେ ରହିଲା ଆୟତର ବାବା ମୋହିନୀର ପ୍ରିୟ ଖାଦ୍ୟ ମାଛ ପୁଟି ଆଣି ଦେଉଥିଲେ। ଆୟତ ଓ ସୀମା ତା'ର ଯତ୍ନ ନେଉଥିଲେ। ଏମିତିରେ ଆମେ ଶୁଣିଥାଉ କି କୁକୁର ସହ ବିଲେଇମାନଙ୍କ ପ୍ରାକୃତିଗତ ଶତ୍ରୁତା ଥାଏ। କିନ୍ତୁ ଏଠି ମୋହନା ସହ ମୋହିନୀର ସ୍ନେହଭରା ସମ୍ପର୍କ ଦେଖି ଆୟତ ଓ ସୀମା ବହୁତ ଖୁସି ହେଉଥିଲେ।

ଜଙ୍ଗଲ ମଝି ଘାସ ପଡ଼ିଆରେ ଆୟତ ଓ ସୀମାର ଫୁଟବଲ୍ ଖେଳରେ ମୋହନା ଓ ମୋହିନୀ ମଧ୍ୟ ସାମିଲ ହେଉଥିଲେ। ବଣ ମୁଲକର ପଶୁପକ୍ଷୀ ଏହି ଖେଳକୁ ଖୁବ ଉପଭୋଗ କରୁଥିଲେ। ଶେଷରେ ମୋହିନୀ ସୁସ୍ଥ ହୋଇ ଯିବା ପରେ, ତାକୁ ଗଭୀର ବଣରେ ଛାଡ଼ି ଦିଆଗଲା। ଏମିତି ଆୟତ ଓ ସୀମାର ପଶୁପକ୍ଷୀଙ୍କ ସହ ବନ୍ଧୁତାର ତାଲିକା ଦିନକୁ ଦିନ ଲମ୍ବିବାକୁ ଲାଗିଲା। ଏଇ ତାଲିକାରେ ପାରା, ବଣୀ, ଶୁଆ, ଗୁଣ୍ଡୁଚି ମୂଷା, ଶାଗୁଣା, ମାଙ୍କଡ଼, ହାତୀ ଇତ୍ୟାଦି ଅନେକ ପଶୁ ପକ୍ଷୀ ଆୟତ ଓ ସୀମାର ସ୍ନେହ ଓ ପ୍ରେମର ବନ୍ଧନରେ ଯୋଡ଼ି ହୋଇଗଲେ। ମୋହନାକୁ ଯେତେବେଳେ ମୋହନୀ କଥା ମନେ ପଡ଼େ, ସେ ପୋଖରି ହୁଡ଼ାରେ ବିଚିତ୍ର ସ୍ୱର ସୃଷ୍ଟିକରେ। ସେ ସ୍ୱରର ଭାବକୁ ଆମଭଳି ମଣିଷମାନେ ବୁଝି ପାରୁନେ। ସେଇ ସ୍ୱର ସାରା ଜଙ୍ଗଲରେ ଭାସିଯାଏ। ବଣଭୂଆ ମୋହନୀ ତା' ପାଖକୁ ଛୁଟି ଆସେ। ଏସବୁ ଦୃଶ୍ୟ ଦେଖି ଆୟତ, ସୀମା ଓ ଗାଁ ଲୋକେ ବହୁତ ଖୁସି ହୁଅନ୍ତି।

ସେଦିନ ଥାଏ ସେପ୍ଟେମ୍ବର ପହିଲା। ଆୟତ ପାଇଁ ତା'ର ଏକ ବିଶେଷ ଦିନ। ତା'ର ଜନ୍ମ ଦିନ। ଏହାକୁ ସ୍ୱତନ୍ତ୍ର ଭାବେ ପାଳନ କରିବା ପାଇଁ ଆୟତ ଓ ସୀମା ବହୁ ଆଗରୁ ଯୋଜନା କରିଥିଲେ। ସେଦିନ ଜଙ୍ଗଲ ମଝି ସଦଭାବନା ପଡ଼ିଆରେ ବଣଭୋଜି ହେବ। ଜଙ୍ଗଲର ସମସ୍ତ ପଶୁ ପକ୍ଷୀଙ୍କ ସହ ପ୍ରକୃତି ପ୍ରେମୀ ମଣିଷମାନେ ମଧ୍ୟ ଏଥିରେ ସାମିଲ ହେବେ। ଯୋଜନା ଅନୁଯାଇ ସୀମା ତା' ନନାଙ୍କୁ କହି ମାଙ୍କଡ଼ମାନଙ୍କ ପାଇଁ ପିଜୁଳି, କଦଳୀ, ହାତୀଙ୍କ ପାଇଁ ଆଖୁ, ବଣୀ, ଗୁଣ୍ଡୁଚି ମୂଷା ଓ ପାରାଙ୍କ ପାଇଁ ବିଭିନ୍ନ କିସମର ଧାନ ଓ ଚାଉଳ ବ୍ୟବସ୍ଥା କରିଥାଏ। ଆୟତ ମଧ୍ୟ ତା' ବାବାଙ୍କୁ କହି ବଣ ଭୂଆ ପାଇଁ ପ୍ରଚୁର ମାଛ ପୁଟି ଓ ଶାଗୁଣା ଆଦିଙ୍କ ପାଇଁ ଖାଦ୍ୟର ବ୍ୟବସ୍ଥା କରିଥାଏ। ସେ ଦିନ ଗାଁ ଲୋକମାନେ ଆୟତର ଜନ୍ମଦିନ ପାଳନ ଖୁସିରେ ଏକ ବଣ ଭୋଜିର ବ୍ୟବସ୍ଥା ମଧ୍ୟ କରିଥାନ୍ତି। ଏଇ ଭୋଜିରେ ମଣିଷମାନଙ୍କ ପାଇଁ ନିରାମିଷ ଖାଦ୍ୟର ବ୍ୟବସ୍ଥା ଥାଏ। ପଶୁପକ୍ଷୀ ଓ ଗାଁ ଲୋକମାନେ ଏହି ଜନ୍ମଦିନକୁ ଖୁବ୍ ଉପଭୋଗ କରୁଥାନ୍ତି।

କିଛି ଆମିଷ ପ୍ରିୟ ଲୋକଙ୍କ ମନରେ ମାଛ ତରକାରି ଖାଇବାକୁ ଭାରି ଇଚ୍ଛା ହେଉଥାଏ। ସେମାନେ ଏ ବିଷୟରେ ପରସ୍ପର ମଧ୍ୟରେ କଥା ହେଉଥାନ୍ତି।

ସେମାନଙ୍କ କଥା ମୋହିନୀର କାନରେ ପଡ଼ିଲା। ସେ ଡେରି ନକରି ତା'ର ଅନ୍ୟ ସାଙ୍ଗମାନଙ୍କୁ ନେଇ ଚଟାପଟ ପାଖ ଝରଣାକୁ କୁଦି ପଡ଼ିଲା। ପାଞ୍ଚଟି ମଧୁର ମାଛ ପାଟିରେ ଧରି ମଝି ଘାସ ପଡ଼ିଆରେ ପକେଇ ଜଙ୍ଗଲ ମଧ୍ୟକୁ ମାଛ ପୁଟି ଖାଇବାକୁ ପଳେଇ ଗଲା। ଗାଁ ଲୋକେ ଏ ଦୃଶ୍ୟ ଦେଖି ଆବାକ ହୋଇଗଲେ। ମଝି ଘାସ ପଡ଼ିଆରେ ମାଛମାନେ ଖପ ଖପ ଡେଉଁଥାନ୍ତି। ଆମିଷ ପ୍ରିୟ ଲୋକଙ୍କ ଖୁସି କହିଲେ ନସରେ। ସତରେ ମଣିଷମାନଙ୍କ କଥା ମୋହିନୀ ଭଳି ଓଧ ଜୀବଟିଏ ବୁଝି ତାର ବ୍ୟବସ୍ଥା କରିଦେଲା। ଆମେ ମଣିଷମାନେ ଯଦି ପଶୁମାନଙ୍କ ମନ କଥା ବୁଝି ତାଙ୍କ ରହିବା ସ୍ଥାନ ଜଙ୍ଗଲକୁ କାଟି ନଷ୍ଟ ନକରିବାର ଶପଥ ନେବା, ତେବେ ହାତୀ ଭଳି ପଶୁମାନେ ଗାଁରେ ପଶି ମଣିଷର ଘର ଓ ଫସଲ ନଷ୍ଟ କରିବେ ନାହିଁ କି ପଶୁମାନଙ୍କ ସହ ମଣିଷର ସଂଘର୍ଷର ଦୁଃଖଦ ଖବର ପ୍ରକାଶ ପାଇବ ନାହିଁ।

....

"ଆୟତର ଜନ୍ମଦିନ"- ଏହି ଗଳ୍ପଟି ଷ୍ଟୋରିମିରର୍ ପ୍ଲାଟଫର୍ମରେ ଡିସେମ୍ବର ୨୦୨୧ ମାସରେ ପ୍ରକାଶ ପାଇଛି।

■

କର୍ମଯୋଗୀ କଲାମ୍

ତାମିଲ ପରିବାରରେ ଜନ୍ମିତ ଛୋଟ ପିଲାଟିଏ। ଗରିବ ପରିବାରରେ ଜନ୍ମ ନେଇ ଥିଲେବି ସେ ହୃଦୟରୁ ଧନୀ ଥିଲା। ଦାରିଦ୍ର୍ୟ ତା' ପାଖରେ ହାର ମାନିଥିଲା। ସେ ସବୁବେଳେ ଖୁସି ରହୁଥିଲା। ପାହାନ୍ତାରୁ ଉଠି ନିଜ ପାଠ ସାରି ପରିବାରର ଆର୍ଥିକ ବୋଝକୁ କମ୍ କରିବା ପାଇଁ ତେନ୍ତୁଳି ମଞ୍ଜି ବିକିବା, ନଡ଼ିଆ ବିକିବା କାର୍ଯ୍ୟ ସହ ରେଳଷ୍ଟେସନରେ ବୁଲି ବୁଲି ଖବରକାଗଜ ବିକୁଥିଲା। କିନ୍ତୁ ତା' ମଧ୍ୟରେ ସେ ଏକ ବିରାଟ ସ୍ୱପ୍ନ ଦେଖୁଥିଲା। ଥରେ ସେ ନଡ଼ିଆ ଗଛରେ ଚଢିବାକୁ ଚେଷ୍ଟା କରୁଥିବାବେଳେ ତା' ବାପା ତାକୁ କହିଲେ, "ପୁଅରେ ଚଢ, ଆହୁରି ଉପରକୁ ଚଢ। ଦିନେ ତୁ ଏହାଠୁ ଅଧିକ ଲମ୍ବ ଓ ଦୂରତାର ସଫଳତା ହାସଲ କରିବୁ।" ତା' ପିତାଙ୍କ ଭବିଷ୍ୟତ ବାଣୀ ସତ ହେଲା। ବଡ଼ ହୋଇ ସେ ପିଲାଟି ଦେଶର ଶ୍ରେଷ୍ଠ ବୈଜ୍ଞାନିକ ହେଲା। ଦେଶ ଓ ଜାତିର ନାମ ରଖିଲା। ଦେଶର ସୁରକ୍ଷା ପାଇଁ ଭାରତ ସରକାର ତାକୁ ନୂଆ ନୂଆ ମିଜାଇଲ ନିର୍ମାଣର ଦାୟିତ୍ୱ ଦେଲେ। ତା'ର କାର୍ଯ୍ୟ ଦକ୍ଷତା ଦେଖି ସରକାର ତାକୁ ମିଜାଇଲ୍ ମ୍ୟାନ୍ ର ଆଖ୍ୟା ଦେଲେ।

ସେ ପିଲାଟି ଆଉ କେହି ନୁହେଁ ଆମ ଦେଶର ପୂର୍ବତନ ରାଷ୍ଟ୍ରପତି ପ୍ରଫେସର ଡଃ ଏ.ପି.ଜେ ଅବ୍ଦୁଲ କାଲାମ। କାଲାମ ଜଣେ କର୍ମଯୋଗୀ ମଣିଷ ଥିଲେ। ଦେଶର ପ୍ରଥମ ନାଗରିକ ରାଷ୍ଟ୍ରପତି ଭଳି ସମ୍ମାନଜନକ ପଦରେ ଥାଇ ମଧ୍ୟ ତାଙ୍କ ମନରେ ସାମାନ୍ୟ ଗର୍ବ ନଥିଲା। ରାଷ୍ଟ୍ରପତି ଥିବା ସମୟରେ ତାଙ୍କୁ ଦେଖା କରିବାକୁ ଆସୁଥିବା ତାଙ୍କ ବ୍ୟକ୍ତିଗତ ଅତିଥିଙ୍କ ଆତିଥ୍ୟ ଖର୍ଚ୍ଚ ନିଜ

ରୋଜଗାରରୁ କରୁଥିଲେ। କଲାମ୍ ସରକାରଙ୍କ ରାଜକୋଷରୁ ଖର୍ଚ୍ଚ କରିବାକୁ ପସନ୍ଦ କରୁ ନଥିଲେ। ସେ ମତ୍ସ୍ୟଜୀବୀ ପରିବାରରେ ଜନ୍ମଗ୍ରହଣ କରିଥିଲେ ମଧ୍ୟ ଶାକାହାରୀ ଥିଲେ। ସେ କହୁଥିଲେ ଦେଶକୁ ଆଗକୁ ନେବାକୁ ହେଲେ ଏହାକୁ ଆର୍ଥିକ ଓ ସାମରିକ କ୍ଷେତ୍ରରେ ଅଧିକ ସଶକ୍ତ ହେବାକୁ ପଡ଼ିବ। ରାଷ୍ଟ୍ରପତି ଥିବା ସମୟରେ ହଜାର ହଜାର ବିଦ୍ୟାଳୟ ଓ ବିଶ୍ୱ ବିଦ୍ୟାଳୟ ଯାଇ ପିଲାମାନଙ୍କ ମଧ୍ୟରେ ଏମିତି ଭାବ ବିନିମୟ କରୁଥିଲେ ଯେ ସେ ନିଜକୁ ସେମାନଙ୍କ ଗହଣରେ ହଜାଇ ଦେଉଥିଲେ। ଇଶ୍ୱର ବିଶ୍ୱାସୀ କଲାମ ପବିତ୍ର କୋରାନ୍ ପାଠ ସହ ଗୀତାର ଅନେକ ମନ୍ତ୍ର ମନେରଖି ଥିଲେ। କର୍ମ ହିଁ ସବୁକିଛି। ସେଥିରୁ ସଫଳତା ମିଳିଥାଏ। ସେଥିପାଇଁ ସେ ଜାଗ୍ରତ ସ୍ୱପ୍ନ ଦେଖିବା ପାଇଁ ପିଲାମାନଙ୍କୁ ଉପଦେଶ ଦେଉଥିଲେ। ସେ କହୁଥିଲେ ସ୍ୱପ୍ନ ଆମକୁ ଆଗକୁ ଯିବା ପାଇଁ ପ୍ରେରିତ କରିଥାଏ। ସ୍ୱପ୍ନ ହାସଲ କରିବା ପାଇଁ ଆମର ଚେଷ୍ଟା ଆମକୁ ଶୋଇବାକୁ ଦେଇ ନଥାଏ।

୧୯୯୮ ମସିହାରେ ରାଷ୍ଟ୍ରପତି ହେବା ପୂର୍ବରୁ କାଲାମ୍ ସହଲେଖକ ୱାଇଏସ୍ ରଞ୍ଜନଙ୍କ ଦ୍ୱାରା ଲିଖିତ ପୁସ୍ତକ ଥିଲା 'ଭାରତ ୨୦୨୦: ନୂତନ ସହସ୍ର ବର୍ଷ ପାଇଁ ଏକ ଦର୍ଶନ(India 2020:A vision for New Millennium)। ଏହି ପୁସ୍ତକଟିରେ ଭାରତର ଭବିଷ୍ୟତ ଓ ଏହାର ବିକାଶ ପାଇଁ କାଲାମଙ୍କ ଧାରଣା ବିଷୟରେ ଆଲୋଚନା କରା ଯାଇଛି। ତାଙ୍କ ଆତ୍ମଚରିତ ପୁସ୍ତକ ୱିଙ୍ଗସ୍ ଅଫ୍ ଫାୟାର୍ ୧୯୯୯ ମସିହାରେ ପ୍ରକାଶିତ ହୋଇଥିଲା। ଏଥିରେ ଛୋଟ ସହର ରାମେଶ୍ୱରମର ଏକ ମଧ୍ୟବିତ୍ତ ଡଙ୍ଗା ଚାଳକଙ୍କ ପୁଅର କ୍ଷେପଣାସ୍ତ୍ର ମଣିଷ(ମିଜାଇଲ୍ ମ୍ୟାନ୍)ଓ ଦେଶର ରାଷ୍ଟ୍ରପତି ହେବା ପର୍ଯ୍ୟନ୍ତ ଯାତ୍ରାର ନିଆରା ସଫଳତା ବିଷୟ ବର୍ଣ୍ଣନା କରାଯାଇଛି। ଏତଦବ୍ୟତୀତ ତାଙ୍କ ଦ୍ୱାରା ରଚିତ ୨୫ ଖଣ୍ଡ ପ୍ରମୂଖ ଇଂରାଜୀ ପୁସ୍ତକଗୁଡ଼ିକ ହେଲା ମାର୍ଗଦର୍ଶକ ଆତ୍ମା, ଇଗ୍ନାଇଟେଡ୍ ମାଇଣ୍ଡ, ମିସନ ଅଫ୍ ଇଣ୍ଡିଆ, ପ୍ରେରଣାଦାୟକ ଚିନ୍ତାଧାରା(ନୀତିବାଣୀ ସିରିଜ), ସାଇଣ୍ଟିଫିକ ଇଣ୍ଡିଆ, ଟାର୍ଗେଟ ତିନି ବିଲିୟନ, ତୁମେ ଅତୁଳନୀୟ, ଟର୍ନିଂ ପଏଣ୍ଟ,ଭାରତର ଆତ୍ମା, ପରିବର୍ତ୍ତନ ପାଇଁ ଚିନ୍ତାଧାରା, ମୋର ଯାତ୍ରା, ଆସନ୍ତାକାଲିର ଭାରତ ପାଇଁ ଏକ ଦର୍ଶନ ଓ ଗାଇଡିଂ ସୋଲ୍। କାଲାମଙ୍କ ଲେଖାଗୁଡ଼ିକରେ ସହଲେଖକ ମଧ୍ୟ ରହିଛନ୍ତି। ଏହି ପ୍ରମୁଖ ସହଲେଖକମାନେ ହେଲେ ଅରୁଣ ତିୱାରି, ୱାଇଏସ ରଂଜନ, ଶ୍ରୀଜନ ପାଲ ସିଂ,

ସିବାଥାନୁ ପିଲାଇ ଓ ଭି ପୋନରାଜା। ଏହି ବ୍ୟକ୍ତିତ୍ୱକୁ ପାଇ ଏ ଦେଶ ମାଟି ଧନ୍ୟ ହୋଇଥିଲା। ୨୦୧୫ ମସିହା ଜୁଲାଇ ୨୭ ତାରିଖରେ ଆଇଆଇଏମ୍ ସିଲଙ୍ଗରେ ପିଲାମାନଙ୍କୁ ସୁନ୍ଦର ବିଶ୍ୱ ନିର୍ମାଣର ବାର୍ତ୍ତା ଦେଉଥିବା ସମୟରେ ସେହି କର୍ମଯୋଗୀ କଲାମ ସେଇଠାରେ ଟଳିପଡ଼ି ସବୁଦିନ ପାଇଁ ଆମ ସମସ୍ତଙ୍କୁ ଛାଡ଼ି ଚାଲିଗଲେ। ଦେଶର ଏହି ମହାନ ସନ୍ତାନକୁ ଭାରତ ସରକାରଙ୍କ ତରଫରୁ ୧୯୮୧ ମସିହାରେ ପଦ୍ମଭୂଷଣ, ୧୯୯୦ ମସିହାରେ ପଦ୍ମ ବିଭୂଷଣ, ୧୯୯୭ ମସିହାରେ ଇନ୍ଦିରାଗାନ୍ଧି ଜାତୀୟ ସଂହତି ସମ୍ମାନ ଓ ଭାରତ ରତ୍ନ ସମ୍ମାନରେ ସମ୍ମାନିତ କରାଯାଇଥିଲା। ୨୦୧୦ରେ ମିଳିତ ଜାତିସଂଘ ୧୫ ଅକ୍ଟୋବରକୁ ବିଶ୍ୱ ବିଦ୍ୟାର୍ଥୀ ଦିବସ ରୂପେ ପାଳନ କରିବା ପାଇଁ ଘୋଷଣା କଲେ। ସେଇ ଅନୁଯାଇ ପ୍ରତିବର୍ଷ ତାଙ୍କ ଜନ୍ମଦିବସ ୧୫ ଅକ୍ଟୋବରକୁ ବିଶ୍ୱ ବିଦ୍ୟାର୍ଥି ଦିବସ ରୂପେ ପାଳନ କରାଯାଏ।

....

"କର୍ମଯୋଗୀ କଲାମ୍"- ଏହି ଗଳ୍ପଟି ଷ୍ଟୋରିମିରର୍ ପ୍ଲାଟଫର୍ମରେ ୧୦ ଡିସେମ୍ବର ୨୦୨୧ ମାସରେ ପ୍ରକାଶ ପାଇଛି।

■

ପୁଣ୍ୟ ମୁଦ୍ରା

ଥରେ ଜଣେ ଧନୀଲୋକ କୌଣସି ଏକ ଯାତ୍ରାରେ ବାହାରି ଥିଲେ। ସେ ବାଟରେ ବରଗଛ ତଳେ ଜଣେ ସନ୍ଥଙ୍କୁ ଦେଖିଲେ। ସନ୍ଥ ତାଙ୍କ ଅନୁଗାମୀମାନଙ୍କୁ କିଛି କିଛି ପୁଣ୍ୟ ଅର୍ଜନ କରିବା ପାଇଁ ଉପଦେଶ ଦେଉଥିଲେ। ଧନୀ ଲୋକଟି ପୁଣ୍ୟ ଅର୍ଜନ ନକରି ମୋ ଭଳି ଧନ ଅର୍ଜନ କରିବାର ଆବଶ୍ୟକତା ରହିଛି ବୋଲି ସେଇ ସନ୍ଥଙ୍କୁ କହିଲେ। ସନ୍ଥ ଜଣକ ଧୀର ଓ ଶାନ୍ତ ହୋଇ ସେଇ ଧନୀ ଲୋକଟିଙ୍କୁ କହିଲେ କି ତୁମ୍ଭେ ସାରା ଜୀବନ ଅର୍ଜନ କରିଥିବା ଧନକୁ ତୁମ ମୃତ୍ୟୁପରେ ସ୍ୱର୍ଗଲୋକକୁ ନେଇ ପାରିବ ନାହିଁ। ତୁମେ ଅର୍ଜିଥିବା ସବୁ ଧନକୁ ଏଇ ମର୍ତ୍ତ୍ୟଲୋକରେ ଛାଡ଼ିକି ଯିବାକୁ ହିଁ ପଡ଼ିବ। ସନ୍ଥଙ୍କ ମୁହଁରୁ ଏପରି ବାଣୀ ଶୁଣି ଧନୀଲୋକଟି ବ୍ୟସ୍ତ ହୋଇ ପଡ଼ିଲା। ଏମିତି କିଛିଦିନ ବିତିଗଲା। ସେ ସନ୍ଥଙ୍କ କଥା ଭୁଲି ପାରିଲା ନାହିଁ। ଥରେ ସେ ତା'ର ସମସ୍ତ ବନ୍ଧୁବର୍ଗଙ୍କୁ ଡାକି ଏକ ବଡ଼ ସଭା ଓ ଭୋଜିର ଆୟୋଜନ କଲା। ସେଥିରେ ସେ ସେଇ ପ୍ରଶ୍ନଟି ପଚାରିଲା। ପରଲୋକକୁ ମୋ ଅର୍ଜିତ ଧନ କିପରି ଯିବ! ସେଇ ସଭାରେ ତାଙ୍କ ଜଣେ ବିଦେଶି ଫେରନ୍ତା ବନ୍ଧୁ ଯୋଗ ଦେଇଥିଲେ। ତାଙ୍କ ପାଖରେ କିଛି ବିଦେଶି ମୁଦ୍ରା ଥିଲା। ସେ ସେଇ ମୁଦ୍ରାଗୁଡ଼ିକୁ ତାଙ୍କର ଧନୀ ବନ୍ଧୁଙ୍କୁ ଦେଇ କହିଲେ- ବନ୍ଧୁ ଏଇ ମୁଦ୍ରା ନେଇ ଆପଣ ପାଖ ଦୋକାନରୁ ମୋ ପାଇଁ କପେ ଚା' ମଗାନ୍ତୁ। ତାପରେ ମୁଁ ଆପଣଙ୍କ ପ୍ରଶ୍ନର ଉତ୍ତର ଦେବି। ଧନୀ ଲୋକଟି ମୁଦ୍ରାଗୁଡ଼ିକୁ ଦେଖି କହିଲା, ଏ ମୁଦ୍ରା ଗୁଡ଼ିକରେ ଆମ ଦେଶରେ କିଛି ବି କିଣାକିଣି କରିବା ପାଇଁ ଚଳିବ ନାହିଁ। ଏଥିପାଇଁ ଆପଣଙ୍କୁ ବ୍ୟାଙ୍କରୁ ଏ ବିଦେଶି ମୁଦ୍ରାସବୁ ଦେଇ ତା' ବଦଳରେ ଆମ ଦେଶର ମୁଦ୍ରା ନେବାକୁ ପଡ଼ିବ। ବିଦେଶି ବନ୍ଧୁ ଜଣକ କହିଲେ ସେହିଭଳି

ସ୍ୱର୍ଗଲୋକରେ ପୁଣ୍ୟ ମୁଦ୍ରାର ପ୍ରଚଳନ ରହିଛି। ମର୍ତ୍ତ୍ୟଲୋକରେ ଅର୍ଜିତ ମୁଦ୍ରାରୁ ସେବା କାର୍ଯ୍ୟ କଲେ ତାହା ସ୍ୱର୍ଗଲୋକରେ ପୁଣ୍ୟ ମୁଦ୍ରାରେ ପରିଣତ ହୋଇଥାଏ। ଖାଲି ସେତିକି ନୁହେଁ ବନ୍ଧୁ, ଆପଣଙ୍କ ପାଖରେ ଥିବା ମୂଲ୍ୟବାନ ସମୟ ଓ ବିଦ୍ୟାକୁ ଦାନକରି ସମାଜରେ ସେବାମୂଳକ କାର୍ଯ୍ୟ କଲେ ମଧ୍ୟ ପୁଣ୍ୟ ଅର୍ଜନ କରିହୁଏ। ଯେମିତିକି ଅନାଥ ଅଶ୍ରମ, ଜରାଶ୍ରମ, ପାଖ ଡାକ୍ତରଖାନା ଓ ବିଦ୍ୟାଳୟକୁ ଯାଇ ପିଲା ଓ ରୋଗୀମାନଙ୍କ ଆବଶ୍ୟକତାକୁ ପୂରଣ କରିବା, ଅସହାୟକୁ ସାହାଯ୍ୟ କରିବା, ସମସ୍ତଙ୍କ ମୁହଁରେ ହସ ଫୁଟେଇବା ଇତ୍ୟାଦି। ବିଦେଶି ବନ୍ଧୁଙ୍କ ଉତ୍ତରରେ ଧନୀ ଲୋକଟିର ଆଖି଼ ଖୋଲିଗଲା। ସେ ସନ୍ଥ ଓ ଗୁରୁଜନଙ୍କ ଶରଣାପନ୍ନ ହୋଇ ଏହିସବୁ ପୁଣ୍ୟକାର୍ଯ୍ୟରେ ମନ ନିବେଶ କଲା।

....

"ପୁଣ୍ୟ ମୁଦ୍ରା"- ଏହି ଗଳ୍ପଟି ଷ୍ଟୋରିମିରର୍ ପ୍ଲାଟଫର୍ମରେ ୧୪ ଡିସେମ୍ବର ୨୦୨୧ ମାସରେ ଓ ଦୈନିକ ସମ୍ବାଦର ଫୁଲଝରି ଶିଶୁ ପୃଷ୍ଠାରେ ୨୬ ଫେବୃଆରୀ ୨୦୨୨ ମାସରେ ପ୍ରକାଶ ପାଇଛି।

■

ସାହସୀ ଝିଅ

ଦୁର୍ଗା ଅପା ଆମ ଉପର ଶ୍ରେଣୀରେ ପଢେ। ସେ ଆମ ସମସ୍ତଙ୍କ ପାଇଁ ଆମ ସ୍କୁଲର ଜଣେ ରୋଲ ମଡ଼େଲ ଝିଅ। ତା' ପାଇଁ ଆମେ ସମସ୍ତେ ଗର୍ବୀତ। ସେ ଆମ ସମସ୍ତଙ୍କ ପାଇଁ ସାହାସର ଉତ୍ସ। ସେଦିନ କୌଣସି କାମରେ ସେ ସ୍କୁଲରୁ ଘରକୁ ଫେରୁଥାଏ। ଘରେ ଶୀଘ୍ର ପହଞ୍ଚିବା ପାଇଁ ବଜାର ପଟ ରାସ୍ତାରେ ନଆସି ସେ ନିଛାଟିଆ ରାସ୍ତାରେ ଘରକୁ ଆସୁଥାଏ। ସେଠାରେ କିଛି ବଦମାସ ପିଲାଙ୍କ ହାବୁଡ଼ରେ ପଡ଼ିଗଲା। ତାକୁ ସେମାନେ ଏକୁଟିଆ ପାଇ ମନ୍ଦ ଉଦ୍ଦେଶ୍ୟ ରଖି ହଇରାଣ କରିବାକୁ ଲାଗିଲେ। ଅପା ସାହାସ ଜୁଟାଇ ନିଜ ଗୋଇଠି ଓ ଆଣ୍ଠୁରେ ବିଶେଷ କୌଶଳ ପ୍ରୟୋଗ କରି ବଦମାସମାନଙ୍କୁ ଫୁଟବଲ ଖେଳିଲା ଭଳି ଗୋଇଠାର ବର୍ଷା କରିବାକୁ ଲାଗିଲା। ଶେଷରେ ଏମାନେ ଲୋକଲଜ୍ୟା ଭୟରେ ନିଜ ନିଜର ଗାଡ଼ି ଛାଡ଼ି ଛତ୍ରଭଙ୍ଗ ଦେଲେ। ଏଇ ସମୟରେ ସେଇବାଟ ଦେଇ ଯାଉଥିବା ଜଣେ ଭଦ୍ରଲୋକଙ୍କ ମୋବାଇଲରୁ ଅପା ୧୧୨ ନମ୍ବରକୁ ଡାଏଲ କରିବା ପରେ ସ୍ଥାନୀୟ ଥାନା ଅଧିକାରୀ ସଦଳବଳେ ସେଇ ସ୍ଥାନରେ ଆସି ପହଞ୍ଚିଗଲେ। ସେଠାରେ ପଡ଼ିଥିବା ଭଙ୍ଗାରୁଜା ଗାଡ଼ି ନମ୍ବରରୁ ଗାଡ଼ି ମାଲିକଙ୍କ ସହ ଯୋଗାଯୋଗ କରିଥିଲେ। ଏମିତିଭାବେ ସମସ୍ତ ବଦମାସମାନଙ୍କୁ ଠାବ କରାଯାଇ ଥାନାକୁ ଅଣା ଯାଇଥିଲା। ସେଠାରେ ଦୁର୍ଗା ଅପା ଓ ବଦମାସ ପିଲାଙ୍କ ଅଭିବାବକଙ୍କ ସାମନାରେ, ଦୁର୍ଗାଅପା ଅପରାଧିମାନଙ୍କୁ ଚିହ୍ନଟ କରିଥିଲା। ଅପା ସେଇ ବଦମାସମାନଙ୍କ କବଳରୁ କିଭଳି ରକ୍ଷା ପାଇଲା ତା'ର ଡେମୋ କରିବା ପାଇଁ ଥାନା ଅଧିକାରୀ ଦୁର୍ଗା ଅପାକୁ କହିଲେ। ଏକଥା ଶୁଣି ଅପରାଧୀମାନେ ଛାନିଆ ହୋଇ ଯାଇଥିଲେ। ସେମାନଙ୍କୁ ଏଥର କ୍ଷମା କରିଦେବା ପାଇଁ

ତାଙ୍କ ଅଭିବାବକମାନେ ନେହୁରା ହେଲେ। ଆଇନଗତ ପ୍ରକ୍ରିୟା ଶେଷ କରି ବଦମାସମାନେ ଛାଡ଼ ପାଇଲେ। ବିଦ୍ୟାଳୟର ବାର୍ଷିକ କ୍ରୀଡ଼ା କାର୍ଯ୍ୟକ୍ରମରେ ଯୋଗଦେଇ ଦୂର୍ଗା ଅପା କହିଲେ-ଆମେ ନିଜକୁ ସୁରକ୍ଷା ଦେବା ପାଇଁ ଭୟ କରିବା ନାହିଁ। ଭୟକୁ ଭୟ କଲେ ଏହା ଆମକୁ ଅଧିକ ଡରାଇଥାଏ। ଆମେ ଆତ୍ମବିଶ୍ୱାସର ସହ ଉପସ୍ଥିତ ବୁଦ୍ଧି ଓ କୌଶଳର ପ୍ରୟୋଗ କରି ନିଜକୁ ଅନ୍ୟଠୁ ସୁରକ୍ଷିତ ରଖି ପାରିବା। ଏଇ ଭୟହିଁ ଆମର ଦୁର୍ବଳତା। ଏହା ଆମକୁ ଆଗକୁ ବଢିବାକୁ ଦେଇ ନଥାଏ। ଏହା ଆମ ମନ ମଧ୍ୟରେ ଘର କରିଯାଇଥାଏ ଓ ଆମକୁ ଡରାଇ ଥାଏ। ଯେଉଁଦିନ ଆମେ ଆମର ଦୁର୍ବଳତାକୁ ତ୍ୟାଗ କରି ସାହାସ ଜୁଟାଇ ଆଗକୁ ବଢିବା, ସେଦିନ ଏଇ ଭୟ ମଧ୍ୟ ଆମକୁ ଦେଖି ଡରିଯିବ। ଆସ ଭୟକୁ ଡରିବା ନାହିଁ। ନିର୍ଭୟ ହୋଇ ଆଗକୁ ବଢିଲେ ଆମ ଦେଶରେ ନିର୍ଭୟା ଭଳି ଘଟଣା ଘଟିବ ନାହିଁ। ଦୂର୍ଗା ଅପାଙ୍କ ଏଭଳି ବକ୍ତବ୍ୟ ଶୁଣି ସଭାରେ ଉପସ୍ଥିତ ଅତିଥିମାନେ ଆଶ୍ଚର୍ଯ୍ୟ ହୋଇ ତାଙ୍କ ସାହାସର ପ୍ରଶଂସା କରିବାକୁ ଲାଗିଲେ। ସେଇଦିନ ଠାରୁ ଦୂର୍ଗା ଅପା ବିଦ୍ୟାଳୟରେ ଆମ ସମସ୍ତଙ୍କ ରୋଲ ମଡ଼େଲ ପାଲଟି ଯାଇଥିଲେ। ଆମ ପ୍ରଧାନ ଶିକ୍ଷକ କ୍ରୀଡ଼ାଶିକ୍ଷକଙ୍କ ତତ୍ତ୍ୱାବଧାନରେ ପ୍ରତି ସପ୍ତାହରେ ବିଦ୍ୟାଳୟରେ ସମସ୍ତ ପିଲାଙ୍କ ପାଇଁ କରାଟେ ଶିକ୍ଷା ବାଧ୍ୟତାମୂଳକ କଲେ। ଦୂର୍ଗା ଅପାର ସାହସ କାହାଣୀ ଖବରକାଗଜରେ ପ୍ରକାଶ ପାଇବା ପରେ ଭୂବନେଶ୍ୱରରେ ଥିବା କରାଟେ ସ୍କୁଲର ପିଲାମାନେ, ଆମ ପ୍ରଧାନ ଶିକ୍ଷକଙ୍କ ସହ ଯୋଗାଯୋଗ କରି ପିଲାଙ୍କୁ ଆତ୍ମରକ୍ଷାର ନୂତନ କୌଶଳସବୁ ବିଷୟରେ ଶିକ୍ଷଣ ସହାୟତା ପ୍ରଦାନ କରିବା ପାଇଁ ଆଗେଇ ଆସିଲେ। ସତରେ ଯଦି ଏହିଭଳି ଆତ୍ମରକ୍ଷା କାର୍ଯ୍ୟକ୍ରମ ସବୁ ବିଦ୍ୟାଳୟଗୁଡ଼ିକରେ ଆରମ୍ଭ ହୁଅନ୍ତା ତେବେ ବାଳିକାମାନଙ୍କ ମଧ୍ୟରେ ଆତ୍ମବିଶ୍ୱାସର ପରିବେଶ ସୃଷ୍ଟି ହେବା ସହିତ ବେଟି ବଚାଓ ଓ ବେଟି ପଢାଓର ଲକ୍ଷ୍ୟ ପୂରଣ ହୁଅନ୍ତା। ସମସ୍ତଙ୍କ ମୁହଁରେ ହସ ଫୁଟନ୍ତା।

....

"ସାହସୀ ଝିଅ"- ଏହି ଗଳ୍ପଟି ଷ୍ଟୋରିମିରର୍ ରେ ୧୪ ଡିସେମ୍ବର ୨୦୨୧ ମାସରେ ପ୍ରକାଶ ପାଇଛି।

■

ଖୁସି

ଲିଜା ଓ ଖୁସି ଦୁଇ ଜଣ ଏକା ସ୍କୁଲରେ ପଢୁଥିଲେ। ପାଠପଢା ସହ ଦୁଇ ଜଣଙ୍କର ନାଚ ଓ ଖେଳକୁଦରେ ମଧ୍ୟ ରୁଚି ରହିଥିଲା। ଖୁସିର ସବୁବେଳେ ଖୁସି ରହିବାର ଅଭ୍ୟାସକୁ ଦେଖି ଲିଜା ବେଳେ ବେଳେ ଆଶ୍ଚର୍ଯ୍ୟ ହେଉଥିଲା। ହେଲେ ସେ ଏ ବିଷୟରେ କେବେ ଖୁସିକୁ ପଚାରି ପାରୁ ନଥିଲା। ବିଦ୍ୟାଳୟର ବାର୍ଷିକ ପ୍ରତିଯୋଗିତା ସହ ବିଶେଷ ଅବସରରେ ହେଉଥିବା ସମସ୍ତ ପ୍ରତିଯୋଗିତାରେ ଅନ୍ୟ ସାଙ୍ଗମାନଙ୍କ ସହ ସେମାନେ ମଧ୍ୟ ଅଂଶଗ୍ରହଣ କରୁଥିଲେ। ଏଥରର ବିଦ୍ୟାଳୟ ବାର୍ଷିକ ପ୍ରତିଯୋଗିତାରେ ଉଭୟ ଅଂଶ ଗ୍ରହଣ କରିଥିଲେ। ଏହି ପ୍ରତିଯୋଗିତାର ପାଞ୍ଚଟି ବିଭାଗରୁ କେବଳ ତିନିଟି ବିଭାଗରେ ଲିଜା ପୁରସ୍କାର ପାଇଲା, କିନ୍ତୁ ଖୁସି ସମସ୍ତ ବିଭାଗରେ ପୁରସ୍କାର ଜିଣି ଚମ୍ପିୟାନ ହୋଇ ଟ୍ରଫି ପାଇଲା। ଖୁସିର ଏଭଳି ସଫଳତା ଓ ନିଜର ବିଫଳତାକୁ ଲିଜା ସହଜରେ ଗ୍ରହଣ କରି ପାରିଲା ନାହିଁ। ସେ ବହୁତ ଦୁଃଖୀ ଥିଲା। ସେ ଖୁସିକୁ ସେଥିପାଇଁ ମନେ ମନେ ବହୁତ ଇର୍ଷା କଲା। ସେ ଘରକୁ ଫେରି ଖୁସିକୁ ଫୋନରେ ମଧ୍ୟ ଶୁଭେଚ୍ଛା ଜଣାଇଲା ନାହିଁ। ସେପଟେ ଖୁସି ଓ ତା ଅନ୍ୟ ସାଙ୍ଗମାନଙ୍କ ସଫଳତାରେ ଖୁସିର ବାବା ବହୁତ ଖୁସିଥିଲେ। ସେମାନଙ୍କୁ ଉତ୍ସାହିତ କରିବା ପାଇଁ ଖୁସିଘରେ କେକ୍ କଟାଗଲା। ଖୁସି ଏଥିପାଇଁ ଲିଜାକୁ ନିମନ୍ତ୍ରଣ କରିଥିଲେ ମଧ୍ୟ ସେ ଆସି ନଥିଲା। ଏବେ ଖୁସିର ହ୍ୱାଟସଆପ୍ ଷ୍ଟାଟସରେ କେକ୍ ଫଟୋ ଦେଖି ଲିଜା ଇର୍ଷାରେ ଆହୁରି ଜଳି ଯାଇଥିଲା।

ସେଦିନ ଗାନ୍ଧୀ ଜୟନ୍ତୀ ଅବସରରେ ଦଶଟି ବିଦ୍ୟାଳୟର ପିଲାଙ୍କୁ ନେଇ ଆନ୍ତଃ ବିଦ୍ୟାଳୟ ପ୍ରତିଯୋଗିତା ଆୟୋଜିତ ହେଉଥାଏ। ଏହି ପ୍ରତିଯୋଗିତାରେ ମଧ୍ୟ ଉଭୟ ଅଂଶଗ୍ରହଣ କରିଥିଲେ। ଏଥର କିନ୍ତୁ ଲିଜା ଅଧିକାଂଶ ପ୍ରତିଯୋଗିତାରେ ବାଜି ମାରିନେଇଥିଲା। ଖୁସି ମାତ୍ର ତିନୋଟି ପ୍ରତିଯୋଗିତାରେ ଜିଣିଥିଲା। ପ୍ରତିଯୋଗିତାର ନିୟମ ଅନୁସାରେ ଲିଜା ଟ୍ରଫିର ହକଦାର ହେଲା। ବିଦ୍ୟାଳୟସ୍ତରୀୟ ଏହି ସଫଳତା ପାଇଁ ଖୁସି ଲିଜାକୁ ଶୁଭେଚ୍ଛା ଓ ହୃଦୟଭରା ଅଭିନନ୍ଦନ ଜଣାଇଲା। ସେ ଘରେ ପହଞ୍ଚି ଲିଜାର ହ୍ୱାଟସଆପ୍ ଷ୍ଟାଟସରେ ଥମସଅପ୍ ଇମୋଜି ମଧ୍ୟ ଦେଲା। ଲିଜାର ସଫଳତା ପାଇଁ କେକ୍ ଆଣି ଉତ୍ସବ ପାଳନ କରିବା ପାଇଁ ସେ ତା' ବାବାଙ୍କୁ କହିଲା। ଠିକ ସମୟରେ ଉଭୟ ପରିବାର, ସେମାନଙ୍କ ଶିକ୍ଷକ ଓ ସାଙ୍ଗସାଥୀମାନେ ଏକାଠି ହେଲେ। ଲିଜା ଏହି ଉତ୍ସବରେ ଖୁସିରେ କାନ୍ଦି ପକାଇଲା ଓ ଖୁସିକୁ ପ୍ରଥମେ କେକ୍ କାଟିବାକୁ ଅନୁରୋଧ କଲା। ଖୁସି ଲିଜା ହାତକୁ ଭିଡ଼ି ଧରିଲା। ଦୁହେଁ ଏକସଙ୍ଗେ କେକ କାଟି ପରସ୍ପରକୁ ଶୁଭେଚ୍ଛା ଜଣାଉଥିଲେ। ଏ ଦୃଶ୍ୟଦେଖି ପ୍ରଧାନ ଶିକ୍ଷକ କହିଲେ ପିଲେ ଖୁସି ବାଣ୍ଟିଲେ ଖୁସି ବଢିଥାଏ। ଅନ୍ୟପ୍ରତି ଇର୍ଷା ଦ୍ୱେଷ ଓ ଖରାପ ଭାବନା ରଖିଲେ ସେଭଳି ସଫଳତାରେ ମଧ୍ୟ ଖୁସି ଆସି ନଥାଏ। ସାରଙ୍କ କଥା ଲିଜା ମନରେ ଗଭୀର ପ୍ରଭାବ ପକାଇଲା। ସେ ପୂର୍ବ ପ୍ରତିଯୋଗିତା ଗୁଡ଼ିକରେ ଖୁସିକୁ ଶୁଭେଚ୍ଛା ଜଣାଇ ନଥିବାରୁ ମନେ ମନେ ବହୁତ ଅନୁତାପ କରୁଥିଲା। ସିଏ ଏଥର ଖୁସିର ସବୁବେଳେ ଖୁସି ରହିବାର ରହସ୍ୟକୁ ବୁଝି ପାରିଥିଲା। ସେ ତା'ର ସମସ୍ତ ସାଙ୍ଗସାଥୀମାନଙ୍କୁ ପ୍ରସଂଶା କରିବାସହ ବିଶେଷ ଦିବସରେ ସମସ୍ତଙ୍କୁ ଶୁଭେଚ୍ଛା ଜଣାଉଥିଲା। ଦେଖୁ ଦେଖୁ ଲିଜା ଖୁବ୍ କମ୍ ଦିନରେ ବିଦ୍ୟାଳୟରେ ସମସ୍ତଙ୍କ ପ୍ରିୟପାତ୍ରୀ ହୋଇଗଲା। ତା' ଜୀବନ ଖୁସିରେ ଭରିଗଲା।

....

"ଖୁସି"- ଏହି ଗଳ୍ପଟି ବେଙ୍ଗାଲୁରୁ ପ୍ରତିଲିପି ୱେବପେଜ୍ ସାହିତ୍ୟ ପ୍ଲାଟଫର୍ମରେ ଜାନୁଆରୀ ୨୦୨୨ ମାସରେ ଓ ଦୈନିକ ପ୍ରମେୟ ପ୍ରଜାପତି ଶିଶୁ ପୃଷ୍ଠାରେ ୧୯ ଫେବୃଆରୀ ୨୦୨୨ ମାସରେ ପ୍ରକାଶ ପାଇଛି।

■

ଶିଶୁ ସଂସଦ

ସେଦିନ ଶନିବାର ଥାଏ। ପୂଜା ଓ ଲିଜା ଶ୍ରେଣୀରେ ଶ୍ରେଣୀ ଶିକ୍ଷକଙ୍କୁ ବିଦ୍ୟାଳୟର ପିଲାମାନଙ୍କୁ ନେଇ 'ଅଭିନବ ସଂସଦ କାର୍ଯ୍ୟକ୍ରମ' ଆରମ୍ଭ କରିବା ପାଇଁ ପ୍ରସ୍ତାବ ଦେଲେ। ସେମାନେ ଏ ବିଷୟରେ ସାରଙ୍କୁ ସେମାନଙ୍କର ସମସ୍ତ ଯୋଜନା ବିଷୟରେ ମଧ୍ୟ ସମସ୍ତ ସୂଚନା ଦେଲେ। ଶ୍ରେଣୀ ଶିକ୍ଷକ ପିଲାମାନଙ୍କ ଏହି ଅଭିନବ କାର୍ଯ୍ୟକ୍ରମ ବିଷୟରେ ଶିକ୍ଷକମାନଙ୍କ ବୈଠକରେ ଆଲୋଚନା କଲେ। ପିଲାମାନଙ୍କ ଆଗ୍ରହକୁ ଦେଖି ଆଗାମୀ ଶନିବାର ବିଦ୍ୟାଳୟର ପଶ୍ଚିମପଟରେ ଥିବା ଦୁଇ ମହଲା ଆଦିବାସୀ ହଷ୍ଟେଲ୍ ଗୃହରେ ଏହି କାର୍ଯ୍ୟକ୍ରମ ଆରମ୍ଭ କରିବା ପାଇଁ ନିଷ୍ପତ୍ତି ନିଆଗଲା।

ଠିକ୍ ସମୟରେ ଏହି ସମାନ୍ତରାଳ ଶିଶୁ ସଂସଦ ଆରମ୍ଭ ହେଲା। ହଷ୍ଟେଲର ଉପର ସଦନରେ ସଂସଦର ରାଜ୍ୟସଭା ଭଳି ନବମ ଶ୍ରେଣୀ ପିଲାଙ୍କ ସମେତ ବିଧାୟକ ଓ ସାଂସଦଙ୍କ ପ୍ରତିନିଧୀ, ସରପଞ୍ଚ, ପଞ୍ଚାୟତ ସମିତି ମୁଖ୍ୟଙ୍କ ସହ ମେଡ଼ିକାଲ, ଯନ୍ତ୍ରୀ, ପାରାମେଡ଼ିକାଲ୍ ଓ ଅନେକ ବୈଷୟିକ ଓ ବୃତ୍ତିଗତ କର୍ମଚାରୀମାନେ ଯୋଗ ଦେଇଥିଲେ। ଏହି ସଦନର ଦର୍ଶକ ଗ୍ୟାଲେରିରେ ବିଦ୍ୟାଳୟରେ କିଛି ଶିକ୍ଷକ ଯୋଗଦାନ କରିଥିଲେ। ସେହିପରି ହଷ୍ଟେଲର ନିମ୍ନ ସଦନରେ ଲୋକସଭା ଭଳି ବିଦ୍ୟାଳୟର ଅଷ୍ଟମ ଓ ଦଶମ ଶ୍ରେଣୀ ପିଲାଙ୍କ ସମେତ କିଛି ଶିକ୍ଷାବିତ ଓ ଶିକ୍ଷା ଅଧିକାରୀମାନେ ଯୋଗ ଦେଇଥିଲେ। ଏହି ସଦନର ଦର୍ଶକ ଗ୍ୟାଲେରିରେ ବିଦ୍ୟାଳୟର କିଛି ଶିକ୍ଷକ ଯୋଗ ଦେଇଥିଲେ। ନିମ୍ନ ସଦନରେ ବ୍ଲକ୍ ଶିକ୍ଷା ଅଧିକାରୀ ବାଚସ୍ପତି ଆସନରେ ବସି ସଂସଦର

ପ୍ରଶ୍ନୋତ୍ତର କାର୍ଯ୍ୟକ୍ରମ ଆରମ୍ଭ କରିବା ପାଇଁ ଶିଶୁ କିଶୋର ସାଂସଦମାନଙ୍କୁ ଇସାରା କଲେ। ଜାତୀୟ ସଂଗୀତ ଆରମ୍ଭ ପୂର୍ବକ କାର୍ଯ୍ୟକ୍ରମ ଆରମ୍ଭ ହେଲା। ପୂଜା ପ୍ରଥମେ ନିଜର ବକ୍ତବ୍ୟ ଆରମ୍ଭ କରି କହିଲା- ବନ୍ଧୁଗଣ ଆପଣମାନେ ସମସ୍ତେ ଜାଣିଛନ୍ତି ଶ୍ରେଣୀ ପ୍ରକୋଷ୍ଠରେ ଦେଶର ଭବିଷ୍ୟତ ନିର୍ମାଣ ହୁଏ। ଆମେ ପିଲାମାନେ ହେଉଛୁ ଏ ଦେଶ ଓ ଜାତିର କୁନି କୁନି ଯନ୍ତ୍ରୀ। ଏ ଦେଶ ଓ ଜାତିର ନିର୍ମାତା ହେଉଛି ସମଗ୍ର ଶିକ୍ଷକ ସମାଜ। ଏହି ସମାଜକୁ ଅଧିକରୁ ଅଧିକ ବୃତ୍ତିକାଳିନ ଅତ୍ୟାଧୁନିକ ତାଲିମ୍ ଦେବାର ଆବଶ୍ୟକତା ରହିଛି। ଛୁରିର ଧାର ଅଧିକ ରହିଲେ ଡାକ୍ତରଙ୍କ ପାଇଁ ଅସ୍ତ୍ରୋପଚାର ସହଜ ହେଲା ଭଳି ଶିକ୍ଷକଙ୍କ ପାଇଁ ଅତ୍ୟାଧୁନିକ ତାଲିମର ବ୍ୟବସ୍ଥା ରହିଲେ ପିଲାମାନେ ଶିକ୍ଷା କ୍ଷେତ୍ରରେ ସଶକ୍ତ ହେବେ। ଦେଶରେ ସଶକ୍ତ ନାଗରିକ ସୃଷ୍ଟି ହେବେ। ସେହିପରି ଶିକ୍ଷକମାନଙ୍କୁ ଆମ ସମାଜର ସର୍ବୋଚ୍ଚ ସମ୍ମାନିତ ବ୍ୟକ୍ତିତ୍ୱର ମର୍ଯ୍ୟାଦା ମିଳିବା ଆବଶ୍ୟକ। ବସ୍, ଟ୍ରେନ୍, ଉଡ଼ାଜାହାଜ ସମେତ ସଭାସମିତିରେ ମଧ୍ୟ ସେମାନଙ୍କ ପାଇଁ ସିଟ୍ ଆଗ ଧାଡ଼ିରେ ସଂରକ୍ଷିତ ରହିବା ଦରକାର। ବ୍ଲକ୍ ଓ ରାଜ୍ୟସ୍ତରୀୟ ନିୟମିତ ଶିକ୍ଷକଙ୍କ ଦରମା ବ୍ଲକ୍ ଓ ଜିଲ୍ଲା ଶିକ୍ଷା ଅଧିକାରୀଙ୍କ ଦରମାସହ ସମାନ ହେବା ଦରକାର ଯାହାଫଳରେ ସେମାନେ ଅଧିକ ଉପାର୍ଜନ ପାଇଁ ଅନ୍ୟପନ୍ଥାରେ ସମୟ ନଦେଇ ବିଦ୍ୟାଳୟର ପିଲାଙ୍କ ଗୁଣାତ୍ମକ ଶିକ୍ଷାର ଅଭିବୃଦ୍ଧି ପାଇଁ ଗବେଷଣା ଓ ଶିକ୍ଷାଦାନରେ ସମୟ ଦେବେ। ପୂଜାର ଏପରି ଭାଷଣକୁ ସଂସଦରେ ତାଳିମାରି ସ୍ୱାଗତ କରାଗଲା। ବାଚସ୍ପତିଙ୍କ ଅନୁମତି ନେଇ ଲିଜା ଆଜିର ଶିକ୍ଷା ବ୍ୟବସ୍ଥା ଉପରେ କହିଲା- ବନ୍ଧୁଗଣ! ଆପଣମାନେ ଜାଣିଛନ୍ତି ଆଜିର ଶିକ୍ଷା ପୂର୍ବଭଳି ଶିକ୍ଷକ କେନ୍ଦ୍ରୀୟ ନହୋଇ ଏ ଶିଶୁ କେନ୍ଦ୍ରୀୟ ଶିକ୍ଷା ପାଲଟି ଯାଇଛି। ଶିକ୍ଷାର କେନ୍ଦ୍ରବିନ୍ଦୁ ଶିଶୁ ହିଁ ରହିଛି। ସୂଚନା ଓ ଯୋଗାଯୋଗ ପ୍ରଯୁକ୍ତିବିଦ୍ୟା(ଆଇସିଟି) ର ଆଗମନ, ଆଣ୍ଡ୍ରଏଡ୍, ଲାପଟପ୍, ଗୁଗୁଲ, ୟୁଟ୍ୟୁବ୍ ଓ ସୋସିଆଲ ମିଡ଼ିଆ ଆସିବା ଫଳରେ ଆମେ ପିଲାମାନେ ସଦ୍ୟତମ ଜ୍ଞାନ ଏହିସବୁ ଉତ୍ସରୁ ଆହରଣ କରିବାରେ ସକ୍ଷମ ହୋଇଛୁ। ପ୍ରଯୁକ୍ତିବିଦ୍ୟା ସହ ତାଳଦେଇ ଆମର ବନ୍ଦନୀୟ ଶିକ୍ଷକ ସମାଜ ସେଇ ଅନୁସାରେ ନିଜର ଜ୍ଞାନକୁ ଅପଡେଟ୍ କରିବାର ଆବଶ୍ୟକତା ରହିଛି। ପିଲାମାନଙ୍କ ଏଇ ଦୁଇଟି ଦିଗ ଉପରେ ଲୋକସଭାର ସଭ୍ୟମାନେ ନିଜ ନିଜର ବକ୍ତବ୍ୟମାନ ରଖିଲେ ଓ ଶେଷରେ ସଂଖ୍ୟାଧିକ ଭୋଟରେ ଏହି ବିଧେୟକ ପାସ ହେଲା। ଏହାକୁ ଉପର ସଦନରେ ମଧ୍ୟ ଆଲୋଚନା କରାଗଲା। ଉପର ସଦନରେ ଥିବା ନବମ ଶ୍ରେଣୀ ପିଲାଙ୍କ ମଧ୍ୟରୁ

ରୁକସାନା କହିଲା- ବନ୍ଧୁଗଣ! ଏ ଶିକ୍ଷକ ସମାଜ ଆମ ପାଇଁ ଚୀର ନମସ୍ୟ। ସେମାନେ ଆମ ପାଇଁ ଗୁରୁଜନ, ମାର୍ଗଦର୍ଶକ ହେବା ସହ ବନ୍ଧୁ ମଧ୍ୟ ହେବା ଦରକାର। ଏପରି ହେଲେ ସେମାନେ ଆମ ସ୍ତରକୁ ଆସି ଆମ ସମସ୍ୟାକୁ ବୁଝି ପାରିବେ। ସେମାନେ ଶ୍ରେଣୀରେ ଭାଷା ବା ସମାଜ ବିଜ୍ଞାନ ବହି ସେମିତି ପଢି ପଢି ଗଲେ ଶ୍ରେଣୀଟି କେବଳ ପାସିଭ୍ ଲାଗେ। ଆମେ ସେଇ ପଢାରେ ଅଂଶ ଗ୍ରହଣ କଲେ ଶ୍ରେଣୀଟି ଆକଟିଭ୍ ହୋଇ ଉଠନ୍ତା। ଏକ ଅଂଶଗ୍ରହଣର ପରିବେଶ ସୃଷ୍ଟି ହୁଅନ୍ତା। ଆମର ବନ୍ଦନୀୟ ଶିକ୍ଷକ ଶିକ୍ଷୟିତ୍ରୀମାନଙ୍କୁ ବିଷୟ ଶିକ୍ଷକରେ ବାଣ୍ଟି ବିଷୟ ଭିତ୍ତିକ ଉଚ୍ଚତର ତାଲିମ ପ୍ରଦାନ କଲେ ଶ୍ରେଣୀ ପ୍ରକୋଷ୍ଠଗୁଡ଼ିକ ଜୀବନ୍ତ ହୋଇ ଉଠନ୍ତା। ବିଦ୍ୟାଳୟରେ ହେଉଥିବା ଶିକ୍ଷକ ଅଭିବାବକ ସଂଘ(ପିଟିଏ) ରେ ଆମ ପିଲାଙ୍କ ପ୍ରତିନିଧିତ୍ୱ ନାମକୁ ମାତ୍ର ରହିଥାଏ। ଯଦି ସମସ୍ତ ପିଲାଙ୍କ ସମ୍ମୁଖରେ ଶିଶୁ ସଂସଦ ଭଳି ବୈଠକ ହୁଅନ୍ତା, ପିଲା ଓ ଶିକ୍ଷକଙ୍କୁ ନେଇ' ଶିଶୁ ସଂସଦ କମିଟି' ଗଠନ କରାଯାଆନ୍ତା। କମିଟିର ରିପୋର୍ଟ ସ୍ଥାନୀୟ ସମ୍ବାଦପତ୍ରରେ ପ୍ରକାଶ ପାଆନ୍ତା, ତେବେ ବିଦ୍ୟାଳୟ ପରିବେଶରେ ସୁଧାର ଆସିବା ସମ୍ଭବପର ହୁଅନ୍ତା। ଏହିପରି ରାଜ୍ୟସଭାରେ ସମସ୍ତ ପ୍ରସଙ୍ଗଗୁଡ଼ିକୁ ଆଲୋଚନା କରାଯାଇ ସଂଖ୍ୟାଧିକ ଭୋଟରେ ଏହି ପ୍ରସଂଗଗୁଡ଼ିକୁ ଗ୍ରହଣ କରାଗଲା। ଶେଷରେ ରାଷ୍ଟ୍ରପତି ଆସନରେ ବସିଥିବା ପ୍ରଧାନଶିକ୍ଷକ ଏହି ବିଧେୟକର ନିଷ୍ପତିଗୁଡ଼ିକ ପଢି ଦସ୍ତଖତ କରିଥିଲେ।

ସତରେ ଲିଜା ଓ ପୂଜାର ଏହି ପରିକଳ୍ପନା ବାସ୍ତବ ରୂପ ନେଲେ ଆମ ଶିକ୍ଷାର ସୁଦୂରପ୍ରସାର ସମ୍ଭବ ହୁଅନ୍ତା।

....

"ଶିଶୁ ସଂସଦ"- ଏହି ଗଳ୍ପଟି ବେଙ୍ଗାଲୁରୁ ପ୍ରତିଲିପି ୱେବପେଜ୍ ସାହିତ୍ୟ ପ୍ଲାଟଫର୍ମରେ ୧୪ ଜାନୁଆରୀ ୨୦୨୨ ମାସରେ ପ୍ରକାଶ ପାଇଛି।

■

ରିତା ଓ ରୋହିତ

ରିତା ଧନୀ ପରିବାରର ଝିଅ ଥିଲା। ସେଇ ସ୍କୁଲ୍ ରେ ରୋହିତ ମଧ୍ୟ ପାଠ ପଢୁଥିଲା। ରୋହିତ ସ୍କୁଲକୁ ଚାଲି ଚାଲି ଯିବା ଆସିବା କରୁଥିଲା। ତା' ବାପା ଚାଷୀ ଥିଲେ। ସେମାନଙ୍କ ବଡ଼ ପରିବାର ଥଲା। ତିନି ଝିଅ ଓ ଗୋଟିଏ ପୁଅ। ସମସ୍ତଙ୍କ ପଢା ଖର୍ଚ୍ଚ ବହନ କରିବା ରୋହିତ ବାପାଙ୍କ ପାଇଁ ସମସ୍ୟା ଥିଲା। ରୋହିତ ବହୁତ ପରିଶ୍ରମୀ ପିଲା ଥିଲା। ବାପାଙ୍କୁ ଚାଷ କାମରେ ସାହାଯ୍ୟ କରିବାସହ ନିଜେ ମନ ଦେଇ ପାଠ ପଢୁଥିଲା। ରିତା ତା'ର କ୍ଲାସମେଟ୍ ଥିଲା। ସେ ସ୍କୁଲକୁ ସାଇକେଲରେ ଯିବା ଆସିବା କରୁଥିଲା। ଶ୍ରେଣୀରେ ରିତା କାହାସହ ମିଶି ପାରେ ନାହିଁ। ସେ କଥା ମଧ୍ୟ କମ ହୁଏ। ଏଇଥିପାଇଁ ରୋହିତ ରିତାକୁ ଗର୍ବୀ ବୋଲି ଭାବୁଥିଲା।

ସେଦିନ ସକାଳୁଆ କ୍ଲାସ୍ ଥାଏ। ଇଂରାଜୀ ସାର୍ ଶ୍ରେଣୀରେ ରୋହିତକୁ ନପାଇ ରୋହିତ କ'ଣ ପାଇଁ ଅନୁପସ୍ଥିତ ଅଛି ବୋଲି ପିଲାମାନଙ୍କୁ ପଚାରିଲେ। ପିଲାମାନେ କୌଣସି ଉତ୍ତର ଦେଲେନି। ରୋହିତ ପାଖଘର କାହାର ବୋଲି ପଚାରିବାରୁ ରିତା ହାତ ଟେକିଲା କିନ୍ତୁ ରୋହିତ ନଆସିବାର କାରଣ କହି ପାରିଲା ନାହିଁ। ସାର୍ କହିଲେ ପିଲେ ତୁମେ ସମସ୍ତେ ସମସ୍ତଙ୍କ ବନ୍ଧୁ ଅଟ। ନିଜର ବନ୍ଧୁତା ଶ୍ରେଣୀକକ୍ଷରେ ସିମୀତ ନରଖି ନିଜ ନିଜ ସାଙ୍ଗମାନଙ୍କ ଭଲମନ୍ଦ ବିଷୟରେ ଖବର ରଖ। ଜନ୍ମଦିନ ମନେରଖି ପରସ୍ପରକୁ ଶୁଭେଚ୍ଛା ଜଣାଅ। ସାର୍ ଙ୍କ କଥା ରିତା ମନକୁ ଛୁଇଁଲା। କ୍ଲାସ୍ ସରିଲା ପରେ ସେ ଘରକୁ ଫେରିବା ବାଟରେ ଦେଖିଲା ରୋହିତ ବିଲରେ ଧାନ କାଟୁଛି। ସେ ରାସ୍ତାକଡ଼ରେ

ସାଇକେଲ୍ ଥୋଇ ରୋହିତକୁ ଦେଖା କରିବାକୁ ଗଲା। ଦୂରରୁ ରିତାକୁ ବିଲ ମଧ୍ୟକୁ ଆସିବା ଦେଖି ରୋହିତ ଆଶ୍ଚର୍ଯ୍ୟ ହୋଇଗଲା। ରିତା ତାକୁ ଭଲମନ୍ଦ ପଚାରିଲା। ଆଉ ଦୁଇ ଦିନରେ ବାତ୍ୟା ହେବ ବୋଲି ଟିଭିରେ ଖବର ଆସିଛି। ଏଇ ସମୟରେ ବାପାଙ୍କୁ ଜ୍ୱର ହୋଇଛି। ସେ ଘରେ ଅଛନ୍ତି। ଠିକ ସମୟରେ ଧାନକଟା ନହେଲେ ବାତ୍ୟାରେ ଫସଲ ନଷ୍ଟ ହୋଇଯିବ। ବାପାଙ୍କ ବର୍ଷକର ପରିଶ୍ରମ ମାଟିରେ ମିଶି ଯିବ। ରିତା ଘରେ ସାତଟା ଧାନକଟା ମେସିନ ଥିଲା। ସେ ଘରକୁ ଫେରି ତା' ବାପାଙ୍କୁ ରୋହିତର ଅସୁବିଧା ବିଷୟରେ କହିଲା। ରିତା ବାପା କହିଲେ ଗାଁରେ ତ ସମସ୍ତେ ଧାନକଟାରେ ବ୍ୟସ୍ତ ଅଛନ୍ତି। ମୋ ପାଖରେ ଏବେ ତିନିଟି ମେସିନ ଖାଲି ରହିଛି, ହେଲେ ମେସିନ୍ ଚଳେଇବାକୁ ଲୋକ ନାହାନ୍ତି। ରିତା ତା'ର ଅନ୍ୟ ସାଙ୍ଗମାନଙ୍କୁ ରୋହିତ ବିଷୟରେ ଫୋନ କଲା। ଠିକ ସମୟରେ ମେସିନ୍ ସହ ରିତା ଧାନବିଲରେ ପହଞ୍ଚିଲା। ରିତା ସହ ତା'ର ଅନ୍ୟ ସାଙ୍ଗମାନଙ୍କ ବାପାଙ୍କୁ ଦେଖି ରୋହିତର ରିତା ପ୍ରତି ଥିବା କୁଧାରଣା ଦୁର ହୋଇଗଲା। ତା' ଆଖି କୃତଜ୍ଞତାର ଚାହାଁଣିରେ ଭରି ଯାଇଥିଲା। ମେସିନ୍ ରେ ଧାନକଟା ଆରମ୍ଭ ହେଲା। ସାରଙ୍କସହ ରୋହିତ ବାପା ଚାଦର ଘୋଡ଼ି ହୋଇ କେନାଲ ବନ୍ଧ ଉପରେ ବସି ଏସବୁ ଦୃଶ୍ୟ ଦେଖୁଥାନ୍ତି। ତାଙ୍କ ଆଖିରୁ ଆଶୀର୍ବାଦର ଆନନ୍ଦ ଅଶ୍ରୁ ଝରି ପଡୁଥାଏ। ରିତା ଏସବୁର ଶ୍ରେୟ ମନେ ମନେ ସାର୍ ଙ୍କୁ ଦେଉଥିଲା। ସେ ଭାବୁଥିଲା ପ୍ରକୃତରେ ଏ ଦେଶ ଓ ଜାତିର ନିର୍ମାଣ ଶ୍ରେଣୀ କକ୍ଷରେ ହିଁ ହୋଇଥାଏ।

....

"ରିତା ଓ ରୋହିତ" -ଏହି ଗଳ୍ପଟି ଦୈନିକ ସମ୍ବାଦପତ୍ର 'ସମ୍ବାଦ'ର 'ଫୁଲଝରି' ଶିଶୁପୃଷ୍ଠାରେ ୮ ଜାନୁୟାରୀ ୨୦୨୧ରେ ପ୍ରକାଶିତ ହୋଇଛି।

■

ସପନ ହେଲା ସତ

ରଘୁରାଜପୁର ନାମରେ ଗୋଟିଏ ଗାଁ ଥିଲା। ଏହି ଗାଁଟି ଆଖପାଖ ଅଞ୍ଚଳରେ ଖୁବ ପ୍ରସିଦ୍ଧ ଥିଲା। ଏହି ଗାଁର ଯୁବକମାନେ ଶିକ୍ଷକ ଠାରୁ ଆରମ୍ଭ କରି ଡାକ୍ତର, ରେଳବାଇ ଓ ସୈନ୍ୟବାହିନୀରେ ନିଯୁକ୍ତି ସହ ସରକାରୀ, ବେସରକାରୀ ଚାକିରୀ ଓ ବ୍ୟବସାୟ ଆଦି କାର୍ଯ୍ୟରେ ସମ୍ପୃକ୍ତ ଥିଲେ। ସେଇ ଗାଁର ଆଇଆଇଟି ଓ ନାଇଜରରୁ ପାସ୍ କରିଥିବା ଅନେକ ପ୍ରତିଭାବାନ ଯୁବକ ଆମ ଦେଶ ସହ ଆମେରିକା, କାନାଡା ପରି ଦେଶରେ ମଧ୍ୟ ନିଯୁକ୍ତି ପାଇଥିଲେ। ସମସ୍ତେ ଗାଁଠାରୁ ଦୂର ସହର, ନଗର ଓ ବିଦେଶରେ ରହୁଥିଲେ। ସମସ୍ତେ କେବଳ ଗାଁରେ ହେଉଥିବା ପର୍ବ ପର୍ବାଣି ସମୟରେ ଏକତ୍ର ହେଉଥିଲେ। ସେଇ ଗାଁରେ ରଘୁ ନାମରେ ଜଣେ ଉଚ୍ଚଶିକ୍ଷିତ ଓ ଦୂରଦୃଷ୍ଟି ସମ୍ପନ୍ନ ଯୁବକଟି ଥିଲା। ସେ ଗାଁର ପରିବେଶକୁ ଛାଡ଼ି ବାହାରେ ରୋଜଗାର ପାଇଁ ଯିବାକୁ ଇଚ୍ଛା ପ୍ରକାଶ କରି ନଥିଲା। ସେ ଗାଁରେ ସହର ଓ ନଗରର ସୁବିଧା ସୃଷ୍ଟି କରିବା ପାଇଁ ଯୋଜନା କରିଥିଲା। ସେଥି ପାଇଁ ସେ ଗାଁ ମୁଖିଆ, ଯୁବକ ଓ ବୃଦ୍ଧ ଲୋକମାନଙ୍କୁ ଏକାଠି କରି ତା'ର ଯୋଜନାଟି ସେମାନଙ୍କୁ ଜଣାଇଲା। ଦେଶ ବିଦେଶର ରହୁଥିବା ଅନେକ ପରିବାରଙ୍କ ଜମିଜମା ସମ୍ପତ୍ତି ଏଇ ଗାଁରେ ମଧ୍ୟ ଥିଲା। ସେଗୁଡ଼ିକ ବ୍ୟବହାରରେ ଲାଗୁ ନଥିଲା। କିଛି ଜମି ଚାଷବାସରେ ଲାଗୁଥିଲେ ବି ସେସବୁ ଜମିଗୁଡ଼ିକୁ ସମାଜର କଲ୍ୟାଣ ପାଇଁ ଭୂଦାନ କରିବାକୁ ରଘୁ ସେମାନଙ୍କ ବୁଝାଇଲା। ଏସବୁ ଜମିଗୁଡ଼ିକୁ ଭାଗ ଭାଗ କରି ଏଠାରେ ନିଜ ରାଜ୍ୟ, ବାହାର ରାଜ୍ୟ ଓ ବିଦେଶୀ ବିଶ୍ୱବିଦ୍ୟାଳୟ ସହଯୋଗରେ ଅନେକ ବିଶ୍ୱବିଦ୍ୟାଳୟ,ବୈଷୟିକ ପ୍ରତିଷ୍ଠାନ, ଆଇଆଇଟି, ଏନଇଏଫଟି, ଆଇଜର୍, ନାଇଜର୍ ଓ ମେଡିକାଲ୍ କଲେଜ କ୍ୟାମ୍ପସ୍ ପ୍ରତିଷ୍ଠା ପାଇଁ ମାଗଣାରେ ଏହିସବୁ ଅନୁଷ୍ଠାନକୁ ଭୂମିଦାନ କରାଯିବ। ଏ କ୍ଷେତ୍ରରେ ଗାଁ ବାହାରେ ରହୁଥିବା ବିଶିଷ୍ଟ ଲୋକମାନେ ସରକାରଙ୍କୁ ଓ

ବେସରକାରୀ କଲେଜଗୁଡ଼ିକ ସେମାନଙ୍କର କ୍ୟାମ୍ପସ୍ ଖୋଲିବା ପାଇଁ ପ୍ରସ୍ତାବ ମାଧ୍ୟମରେ ଆମନ୍ତ୍ରଣ କରିବେ। ଯୁବକଟିର ମହତ ଯୋଜନା ବିଷୟରେ ଗାଁର ଲୋକମାନେ ରାଜିହେଲେ। ଯୋଜନାର ସଫଳ ରୂପାୟନ ପାଇଁ ଯୁବକ ଜଣକ ଲାଗିପଡ଼ିଲେ। ଦୂର ସହର ଓ ବିଦେଶରେ ରହୁଥିବା ସମସ୍ତଙ୍କୁ ଏ ବିଷୟରେ ଅବଗତ କରାଗଲା। ଏହି ଭୂଦାନ ଆନ୍ଦୋଳନରେ ସାଧାରଣ ଲୋକଙ୍କ ସହ ଆଖପାଖ ଗାଁର ଜମିଦାରଙ୍କ ବଂଶଜମାନେ ମଧ୍ୟ ଭାଗ ନେଲେ। ଦେଖୁ ଦେଖୁ ଦୁଇ ହଜାର ଏକର ଜମି ଏକତ୍ର ସଂଗ୍ରହ କରାଯାଇ ପାରିଲା।

ଏପଟେ ବାହାର ରାଜ୍ୟର ବିଶ୍ୱବିଦ୍ୟାଳୟ, କେନ୍ଦ୍ରୀୟ ବିଶ୍ୱବିଦ୍ୟାଳୟଗୁଡ଼ିକ ସେମାନଙ୍କ କ୍ୟାମ୍ପସ୍ ଖୋଲିବା ପାଇଁ ଆଗ୍ରହ ପ୍ରକାଶ କରିବାସହ ବିଦେଶୀ ବିଶ୍ୱବିଦ୍ୟାଳୟ ସହଯୋଗରେ ସେମାନଙ୍କର ସହଭାଗିତାକୁ ମଧ୍ୟ ସ୍ୱାଗତ କଲେ। ରାଜ୍ୟ ସରକାର ମଧ୍ୟ ଏଥିରେ ସହଯୋଗର ହାତ ବଢାଇଲେ। ଦେଖୁ ଦେଖୁ ରଘୁରାଜପୁର ଏକ ଆନ୍ତର୍ଜାତୀୟ ଗାଁରେ ପରିଣତ ହୋଇଗଲା। ରଘୁରାଜପୁରସହ ଆଖପାଖ ଗାଁର ଯୁବକମାନଙ୍କୁ ଏସବୁ ଅନୁଷ୍ଠାନ ଗୁଡ଼ିକରେ ନାମଲେଖାର ସୁଯୋଗ ମଧ୍ୟ ମିଳିଲା। ନିଜ ରାଜ୍ୟସହ ବାହାର ରାଜ୍ୟ ଓ ଦୂର ସହରର ପିଲାମାନେ ମଧ୍ୟ ଏଇସବୁ ବିଶ୍ୱବିଦ୍ୟାଳୟର ବିଭିନ୍ନ ପାଠ୍ୟକ୍ରମରେ ନାମଲେଖାଇ ନିଜ ସ୍ୱପ୍ନକୁ ସାକାର କଲେ।

ସତରେ ଜାଗ୍ରତ ସ୍ୱପ୍ନ ଦେଶ ଓ ଜାତିର ଭାଗ୍ୟ ନିର୍ଦ୍ଧାରିତ କରିଥାଏ। ଏକ୍ଷେତ୍ରରେ ସମସ୍ତଙ୍କର ନିରବିଚ୍ଛିନ ଉଦ୍ୟମର ଆବଶ୍ୟକତା ରହିଛି। ଏ କଥା ଆମେ ପିଲାମାନେ ମଧ୍ୟ ରଘୁଠୁ ଶିଖିବା ଉଚିତ।

....

"ସପନ ହେଲା ସତ"- ଏହି ଗଳ୍ପଟି ଦୈନିକ ସମ୍ବାଦପତ୍ର 'ସମ୍ବାଦ'ର 'ଫୁଲଝରି' ଶିଶୁପୃଷ୍ଠାରେ ୧୨ ଫେବୃଆରୀ ୨୦୨୨ରେ ପ୍ରକାଶିତ ହୋଇଛି।

■

ବେହଲୁଲ୍ ଦାନା

ବହୁତ ଦିନ ତଳର କଥା ବାଗଦାଦରେ 'ହାରୁନ୍ ରଶିଦ୍' ନାମକ ଜଣେ ରାଜା ଥିଲେ। ପ୍ରଜାମାନଙ୍କ ମଧ୍ୟରେ ସେ ଖଲିଫା ହାରୁନ୍ ରଶିଦ୍ ନାମରେ ପ୍ରସିଦ୍ଧ ଥିଲେ। ତାଙ୍କର ଜଣେ ରାଣୀଙ୍କ ନାମଥିଲା ଯୁବେଦା। ରାଣୀ ଯୁବେଦା ଜଣେ ଧର୍ମପ୍ରାଣା ମହିଳା ଥିଲେ। ସେଇ ରାଇଜରେ ବେହଲୁଲ୍ ଦାନା ନାମକ ଜଣେ ଫକିର ରହୁଥିଲେ। ଫକିର ଈଶ୍ୱରଙ୍କ ଭକ୍ତିରେ ସବୁବେଳେ ନିମଜ୍ଜିତ ରହି ବସ୍ତୁବାଦୀ ଦୁନିଆରୁ ଦୂରେଇ ରହୁଥିଲେ। ତେଣୁ ସାଧାରଣ ପ୍ରଜା ଏହି ଫକିର ସନ୍ୟାସୀଙ୍କୁ ସମ୍ମାନ ଦେଉଥିଲେ ମଧ୍ୟ ତାଙ୍କୁ ପାଗଳ ବୋଲି ଭାବୁଥିଲେ। ଥରେ ସନ୍ଥ ବେହଲୁଲ୍ ନଦୀ ତୀରରେ ବାଲି ସଂଗ୍ରହ କରି ବାଲିରେ କିଛି ଗଢୁଥିଲେ ଓ ଭାଙ୍ଗି ଦେଉଥିଲେ। ଏଦୃଶ୍ୟ ହାରୁନ ରଶିଦଙ୍କ ରାଣୀ ଯୁବେଦା ରାଜଉଆସରେ ଥାଇ ଦେଖୁଥିଲେ। ସେ ଦାସୀମାନଙ୍କ ସହ ଆସି ବେହଲୁଲଙ୍କୁ କ'ଣ କରୁଛନ୍ତି ବୋଲି ପଚାରିବାରୁ ଫକିର ବେହଲୁଲ୍ କହିଲେ ବାଲିରେ ସ୍ୱର୍ଗର ମହଲସବୁ ଗଢୁଛି। ଯୁବେଦା ଫକିରଙ୍କୁ କିଛି ଦାନ କରିବାକୁ ଚାହୁଁଥିଲେ। ସେ ଫକିରଙ୍କୁ କହିଲେ ଏଇ ମହଲସବୁ ମୋତେ ବିକିବେ ? ଫକିର କହିଲେ -ହଁ, ମୁଁ ଏହିସବୁ ମହଲ ଗଢୁଛି ଓ ବିକୁଛି ମଧ୍ୟ। ଏହାର ମୂଲ୍ୟ କେତେ ବୋଲି ରାଣୀ ପଚାରିବାରୁ ଫକିର ତିନି ଦିରହମ୍(ବାଗଦାଦ୍ ମୁଦ୍ରା)କହିଲେ। ରାଣୀଙ୍କ ଦାସୀମାନେ ଫକିରଙ୍କୁ ମୁଦ୍ରା ଦେଲେ। ଫକିର ରାଣୀଙ୍କ ପାଇଁ ଈଶ୍ୱରଙ୍କ ଠାରେ ବହୁତ ଶୁଭ ମନାସିଲେ। ପରେ ଫକିର ଏହି ମୁଦ୍ରାସବୁ ଦୁଖୀ ଦରିଦ୍ରଙ୍କୁ ବାଣ୍ଟି ଦେଲେ।

ରାଣୀ ସନ୍ଥଙ୍କ ଠାରୁ ସ୍ୱର୍ଗ କିଣା କଥା ଖଲିଫାଙ୍କୁ କହିବାରୁ ଖଲିଫା ହାରୁନ ରଶିଦ୍ ଏହି କଥାକୁ ଥଟ୍ଟାଭାବି ହସିଲେ। ଖଲିଫା ସେଦିନ ରାତିରେ ସ୍ୱପ୍ନରେ ସ୍ୱର୍ଗର ଅନେକ ମହଲ ଦେଖିଲେ। ସେଗୁଡ଼ିକ ମଧ୍ୟରେ ୟାକୁତ୍ ରତ୍ନରେ ଗଢା

ଏକ ମହଲରେ ଖଲିଫାଙ୍କ ନଜର ପଡ଼ିଲା। ସେଥରେ ରାଣୀ ଯୁବେଦାଙ୍କ ନାମ ଲେଖା ହୋଇଥିଲା। ଖଲିଫା ଉକ୍ତ ମହଲରେ ପ୍ରବେଶ କରିବା ପାଇଁ ଚେଷ୍ଟା କରନ୍ତେ ସେଠାରେ ଥିବା ଜଗୁଆଳୀ ତାଙ୍କୁ ସେଥିପାଇଁ ଅନୁମତି ଦେଲେ ନାହିଁ। ସେମାନେ ଖଲିଫାଙ୍କୁ କହିଲେ କେବଳ ନାମଲେଖା ଥିବା ବ୍ୟକ୍ତିଙ୍କୁ ହିଁ ପ୍ରବେଶ ଅନୁମତି ମିଳିବ। ଏଇ ସମୟରେ ଖଲିଫାଙ୍କ ନିଦ ଭାଙ୍ଗିଗଲା। ସେ ବିଚଳିତ ହୋଇ ପଡ଼ିଲେ। ଖଲିଫା ଭାବିଲେ ଇଶ୍ୱର, ରାଣୀ ଯୁବେଦାଙ୍କ ପ୍ରତି ବେହଲୁଲଙ୍କ ଡାକ ଶୁଣିଛନ୍ତି। ଖଲିଫା ଆରଦିନ ବେଲୁଲ ଦାନାଙ୍କୁ ନଦୀତୀରରେ ସେମିତି ସ୍ୱର୍ଗର ମହଲ ଗଢୁଥିବା ଦେଖି ତା'ର ମୂଲ୍ୟ ପଚାରି ବସିଲେ। ଫକିର- କହିଲେ 'ତୋର ସମଗ୍ର ରାଜ୍ୟ ହେଉଛି ଏହାର ମୂଲ୍ୟ'। ଖଲିଫା ଏପରି ମୂଲ୍ୟ ଶୁଣି ଆଶ୍ଚର୍ଯ୍ୟ ହୋଇ ଫକିରଙ୍କ ପାଖରେ ଆଣ୍ଠୁ ମାଡ଼ି ବସି କହିଲେ, ଗତକାଲି ପର୍ଯ୍ୟନ୍ତ ଏହାର ମୂଲ୍ୟ ତିନି ଦିରହମ୍ ଥିଲା। ଆଜି ଏତେ ମୂଲ୍ୟ କ'ଣ ପାଇଁ ହେଲା ହଜୁର! ଫକିର କହିଲେ- 'କାଲି ପର୍ଯ୍ୟନ୍ତ ତୁ ଏହାର ପ୍ରକୃତ ମୂଲ୍ୟ ଜାଣି ନଥିଲୁ। ଆଜି ତୁ ମୂଲ୍ୟ ଜାଣିବା ପରେ ଏଠିକୁ ଆସିଛୁ'। ଫକିରଙ୍କ ଏପରି ବାଣୀରେ ଖଲିଫା ବାକଶୁନ୍ୟ ହୋଇଗଲେ ଓ ସମଗ୍ର ରାଜ୍ୟ ଦେବାକୁ ରାଜି ହୋଇଗଲେ। ଫକିର କହିଲେ- ଆମ୍ଭଭଳି ବୈରାଗୀ ଫକିରଙ୍କ ପାଇଁ ଏ ରାଜ୍ୟର ମୂଲ୍ୟ କିଛି ନୁହେଁରେ। ତୁ ସେଇ ତିନି ଦିରହମ୍ ଦେଇ ଏହାକୁ ନେଇଯା।

ଏହି କାହାଣୀଟି କହିସାରି ଶିକ୍ଷକ କହିଲେ ପିଲେ ତୁମ୍ଭେମାନେ ଇଶ୍ୱରଙ୍କ କୃପା ଓ ଗୁରୁଜନଙ୍କ ଆଶୀର୍ବାଦରୁ ଆଜି ପର୍ଯ୍ୟନ୍ତ ଭଲରେ ରହିଛ। ସେଥିପାଇଁ ଇଶ୍ୱରଙ୍କୁ ଧନ୍ୟବାଦ ଜଣାଅ ଓ ଗୁରୁଜନଙ୍କୁ ଉପଯୁକ୍ତ ସମ୍ମାନ ଦିଅ। ସେମାନଙ୍କ ପ୍ରକୃତ ମୂଲ୍ୟକୁ ଜାଣିବାରେ ଡେରି କରିଦେଲେ ତୁମ୍ଭେମାନେ ସାରା ଜୀବନ ପସ୍ତେଇବ। ଛଡ଼ା ଆଉ କିଛି ପାଇବ ନାହିଁ।

....

"ବେହଲୁଲ୍ ଦାନା"- ଏହି ଗଳ୍ପଟି ଷ୍ଟୋରିମିରର୍ ୱେବପେଜ୍ ସାହିତ୍ୟ ପ୍ଲାଟଫର୍ମ ୯ ଜାନୁଆରୀ ୨୦୨୨ ମାସରେ ପ୍ରକାଶ ପାଇଛି।

■

ସିଦ୍ଧ ପୁରୁଷ ଗସେ ଆଜମ୍

ବହୁତ ବର୍ଷ ତଳର କଥା। ଇରାକରେ ଜିଲାନ୍ ନାମକ ଏକ ଗାଁଟିଏ ଥିଲା। ଏହି ଗାଁରେ ଅବଦୁଲ୍ କାଦିର୍ ନାମରେ ଛୋଟ ପିଲାଟିଏ ଥିଲା। ତୁଳସୀ ଦୁଇ ପତ୍ରରୁ ବାସିଲା ପରି ପିଲାଟି ଯେ ଏକ ମହାନ ଜୀବନ ଯାତ୍ରାରେ ସଫଳ ହେବ ତାହା ଜଣାପଡ଼ି ଯାଇଥିଲା। ତା' ସହ ସେ ଅନେକ ଅଲୌକିକ ଶକ୍ତିର ଅଧିକାରି ମଧ୍ୟ ଥିଲା। ବୟସ ତା'ର ଦଶ ବର୍ଷ ହେବ। ପିଲାଟିର ଆଗ୍ରହ ଦେଖି ଉପଯୁକ୍ତ ଶିକ୍ଷା ହାସଲ କରିବା ପାଇଁ ତା' ମା' ତାକୁ ସୁଦୂର ବାଗଦାଦ୍ ସହରକୁ ପଠେଇବାକୁ ଚାହୁଁଥିଲେ। ସେତେବେଳେ ଦୂରସ୍ଥାନକୁ ଯାତ୍ରା କରିବା କଷ୍ଟକର ବ୍ୟାପାର ଥିଲା। ମରୁଭୂମି ପରି ଶୁନଶାନ୍ ଅଞ୍ଚଳ ତ ଆହୁରି ବିପଦପୂର୍ଣ୍ଣ ଥିଲା। ତେଣୁ ଯାତ୍ରୀମାନେ ଦଳ ଦଳ ହୋଇ ଓଟରେ ଯାତ୍ରା କରିବାକୁ ପସନ୍ଦ କରୁଥିଲେ। ଲୋକଙ୍କ ଏପରି ଗୋଷ୍ଠୀଗତ ଯାତ୍ରାକୁ 'କାଫଲା' କୁହା ଯାଉଥିଲା। ପିଲାଟିର ମାତା ସେହି କାଫଲା ସହ ତାଙ୍କ ପୁଅକୁ ଶିକ୍ଷା ପାଇଁ ବାଗଦାଦ ସହରକୁ ପଠେଇଲେ। ବାଟରେ ଚୋରି ହେବାର ଭୟ ଥିବାରୁ ତା' ମା' ତା' କାମିଜ କାଖ ତଳେ ଚାଳିଶ ଦିନାର୍(ମୁଦ୍ରା)ଲୁଚେଇ ସିଲେଇ କରିଦେଲେ। ଯାତ୍ରା ସମୟରେ ତା' ମା' ତାକୁ କହିଲେ- "ଧନରେ ଯେତେବଡ଼ ବିପଦ ଓ ଖରାପ ପରିସ୍ଥିତି ଆସୁନା କାହିଁକି, ଜୀବନରେ କେବେ ସତ୍ୟର ମାର୍ଗ ତ୍ୟାଗ କରିବୁନି। ମିଥ୍ୟାର ବାଟରେ ବିପଥଗାମୀ ହେବୁନି। ସତ୍ୟ ହିଁ ସହସ୍ର ଇବାଦତ୍ [ପ୍ରାର୍ଥନା]ର ଏକ ଉପାସନା ଅଟେ ।

ପିଲାଟି ଏହି ସତ୍ୟ ବଚନ ପାଳିବାକୁ ତା' ମା'କୁ କଥା ଦେଇ ଯାତ୍ରା ପାଇଁ

ଉକ୍ତ କାଫଲାରେ ସାମିଲ ହୋଇଗଲା। ତାଙ୍କ କାଫଲା ମରୁଭୂମି ଦେଇ କିଛି ବାଟ ଯାଇଛି କି ନାହିଁ ସେମାନେ ଡକାୟତମାନଙ୍କ ଏକ ଦଳର ଆକ୍ରମଣର ଶିକାର ହେଲେ। ଡକାୟତମାନେ ନିରୀହ ଯାତ୍ରୀମାନଙ୍କର ଜିନିଷସବୁ ଲୁଟିନେଲେ। ପିଲାଟି ଚୁପଚାପ ଏସବୁ ଭୟାଭୟ ଦୃଶ୍ୟ ଦେଖୁଥାଏ। ଜଣେ ଡକାୟତ ପିଲାଟି ପାଖକୁ ଆସି ପଚାରିଲା- ଏ ପିଲା! ତୋ ପାଖରେ କଣ ସବୁ ଅଛି? ପିଲାଟି ହଁ ଭରି କହିଲା- ମୋ ପାଖରେ ଚାଳିଶ ଦିନାର୍ ରହିଛି। ପିଲାଟିର ବେଶଭୁଷାରୁ ସେ ତା' କଥାକୁ ବିଶ୍ୱାସ ନକରି ହସିଦେଇ ଚାଲିଗଲା। ଏଇ ସମୟରେ ଆଉ ଜଣେ ଡକାୟତ ପିଲାଟିକୁ ସେଇ ପ୍ରଶ୍ନ ପଚାରିବାରୁ ପିଲାଟି ସମାନ ଉତ୍ତର ଦେଲା। ପିଲାଟିର ଦାରିଦ୍ର୍ୟର ପରିହାସ କରି ସେ ଡକାୟତଟି ମଧ୍ୟ ସେଠାରୁ ଚାଲିଗଲା। ଏମିତି ପିଲାଟିର କଥା ଡକାୟତମାନଙ୍କ ମଧ୍ୟରେ ପ୍ରଚାରିତ ହୋଇ ସେମାନଙ୍କ ସର୍ଦାର ଅହମ୍ମଦ ବଦୱୀ କାନରେ ପଡ଼ିଲା। ସର୍ଦାର ନିର୍ଦ୍ଦେଶ ଦେଲା- 'ସେଇ ପିଲାଟିକୁ ମୋ ପାଖକୁ ଅଣାଯାଉ'।

ପିଲାଟିକୁ ସେମାନେ ସର୍ଦାର ପାଖକୁ ନେଇଗଲେ। ସର୍ଦାର ପିଲାଟିକୁ କହିଲା-'ଏ ପିଲା! ସତ କହ ତୋ ପାଖରେ କ'ଣ ସବୁ ରହିଛି'! ପିଲାଟି ସାହସର ସହ କହିଲା- 'ମୁଁ ଆଗରୁ ତୁମର ଦୁଇ ଜଣଙ୍କୁ କହି ସାରିଛି, ମୋ ପାଖରେ ଚାଳିଶ ଦିନାର୍ ରହିଛି'। ସର୍ଦାର କହିଲା କଉଠି ଅଛି? ପିଲାଟି ନିର୍ଭୀକ ହୋଇ କହିଲା- ମୋ କାମିଜର ଏଇ କାଖ ତଳେ ଏସବୁ ସିଲେଇ ହୋଇ ରହିଛି। ସର୍ଦାର କହିଲା- ଏସବୁ ତଲାସି ନିଆଯାଉ। ପିଲାଟିର ତଲାସି ନିଆ ଯିବାରୁ ସତକୁ ସତ ଚାଳିଶ ଦିନାର୍ ତା' କାମିଜର କାଖ ତଳୁ ମିଳିଲା। ଏହା ଦେଖି ସମସ୍ତେ ତାଜୁବ ହୋଇଗଲେ। ସେମାନଙ୍କ ଆଶ୍ଚର୍ଯ୍ୟର ସୀମା ରହିଲା ନାହିଁ। ସର୍ଦାର ଭାବୁକ ଓ ଆଶ୍ଚର୍ଯ୍ୟ ହୋଇ ପିଲାଟିକୁ କହିଲା-'ବାଳକ!' ତୁମ୍ଭେ ଜାଣିଛ, ଆମେ ସବୁ ଡକାୟତ ଅଟୁ। ଯାତ୍ରୀମାନଙ୍କୁ ନିର୍ଦ୍ଦୟରେ ଲୁଟି ନେଇ ଥାଉ। ଏତେସବୁ ଜାଣିବା ପରେ ମଧ୍ୟ ତୁମେ ଆମକୁ ଏଇସବୁ ଦିନାରର ରହସ୍ୟ ପ୍ରକାଶ କରି ଦେଲ। ତୁମର ଏହିସବୁ ଦିନାର୍ ଏତେ ସୁରକ୍ଷିତ ରହିଥିଲା, ଯାହାର ରହସ୍ୟ ଭେଦ କରିବା ଯେକୌଣସି ଲୋକ ପକ୍ଷେ କଷ୍ଟକର ଥିଲା। ଏମିତି କେଉଁ ପରିସ୍ଥିତିରେ ତୁମେ ସତ୍ୟ ପ୍ରକାଶ କରିବାକୁ ବାଧ୍ୟ ହେଲ'? ପିଲାଟି କହିଲା- ମୁଁ ଯାତ୍ରା ପାଇଁ ଘରୁ ବାହାରିବା ସମୟରେ ମୋ ମାତା ମୋତେ ଉପଦେଶ ଦେଇଥିଲେ 'ପୁତ୍ର ସବୁବେଳେ ସତ୍ୟ ବଚନ କହିବ। 'ଏଇ ମାତ୍ର ଚାଳିଶ ଦିନାର୍ ପାଇଁ ମୁଁ ମୋ

ମାତାଙ୍କ ଉପଦେଶ କିଭଳି ପାସୋରି ଦେଇଥାନ୍ତି, ଆଉ ଏପରି କରି କାହିଁକି ଏ ସଂସାରର ମାଲିକକୁ କ୍ରୋଧିତ କରିଥାନ୍ତି। ପିଲାଟିର ଉତ୍ତରରେ ଡକାୟତଙ୍କ ସର୍ଦାର ଗଭୀର ପ୍ରଭାବିତ ହେଲା। ତା' ଆଖିରୁ ଝରୁଥିବା ଅନୁତାପର ଲୁହ ତା' ହୃଦୟର ଦୁନିଆକୁ ସମ୍ପୂର୍ଣ୍ଣ ବଦଳାଇ ଦେଲା। ଏଥର ସେ ଦସ୍ୟୁ ରତ୍ନାକରରୁ ମହର୍ଷି ବାଲ୍ମିକୀ ପାଲଟି ଯାଇଥିଲା। ସର୍ଦାର ଦୀର୍ଘଶ୍ୱାସ ଛାଡ଼ି କହିଲା- ଆହେ ପୁତ୍ର! ତୁମ୍ଭ ଉପରେ ମାଲିକ୍ ସହସ୍ର କୃପା କରୁ। ତୁମ୍ଭେ ନିଜ ମାଆକୁ ଦେଇଥିବା ବଚନ ମନେ ରଖିଲ କିନ୍ତୁ ହାୟ! ମୁଁ ଉପର ବାଲାର ପ୍ରତିଶ୍ରୁତି ଭଙ୍ଗ କରି ସାରାଜୀବନ ବିତେଇ ଦେଲି।

ହେ ପୁତ୍ର! ତୁମ୍ଭେ ମୋର ମାର୍ଗଦର୍ଶନ କଲ। ଏବେ ମୁଁ ବାକି ଥିବା ଜୀବନରେ କାହାକୁ କଷ୍ଟ ଦେବି ନାହିଁ। ଏହା କହି ସେ ପିଲାଟିର ପାଦ ତଳେ ବସି ପଡ଼ିଲା ଓ ସବୁଦିନ ପାଇଁ ଏଭଳି କୁତ୍ସିତ କାର୍ଯ୍ୟରୁ ଦୂରେଇ ରହିବା ପାଇଁ ତୋବା କଲା। ଏହି ଦୃଶ୍ୟ ଦେଖି ଅନ୍ୟ ଡକାୟତମାନେ ଏକ ସ୍ୱରରେ କହି ଉଠିଲେ- ଆହେ ସର୍ଦାର! ଆମେ ମଧ୍ୟ ଏହି କୁଜୀବିକାରୁ ନିବୃତ ରହିବା ପାଇଁ ତୋବା କରୁଛୁ। ଆପଣ ଚୋରି ଦିନସବୁରେ ଆମର ସର୍ଦାର ଥିଲେ ଏବେ ତୋବା ସମୟରେ ଆମ୍ଭ ଗୁରୁ ହୋଇ ରହିବେ। ଏହା କହି ସେମାନେ ଯାତ୍ରୀମାନଙ୍କ ଲୁଟିଥିବା ସମସ୍ତ ଜିନିଷ ଫେରାଇ ଦେଲେ। ଏହି ବାସ୍ତବ ଗପଟି କହିସାରି ଶିକ୍ଷକ ପିଲାଙ୍କୁ କହିଲେ। ପିଲେ ସେଇ ପିଲାଟି ଦିନେ ବିଶ୍ୱରେ ହଜରତ୍ ମହମ୍ମଦ ଅବଦୁଲ୍ କାଦିର୍ ଜିଲାନୀ ବୋଗଦାଦୀ ନାମରେ ପରିଚିତ ହେଲା। ଆମ ଭାରତର ଅନୁଗାମୀମାନେ ତାଙ୍କୁ ଗସୁଲ ଆଜମ୍ ନାମରେ ଭକ୍ତି କରନ୍ତି। ଚୋରମାନଙ୍କ ସର୍ଦାର ଅହମ୍ମଦ ବଦୱୀ ଓ ଅନ୍ୟ ଡକାୟତମାନେ ଏହି ପୀରଙ୍କ ଅନୁଗାମୀ ହୋଇ ସାରାଜୀବନ ସେଇ 'ସବ୍ କା ମାଲିକ୍ ଏକ୍ ହେ'ର ମାର୍ଗରେ ବିତାଇଦେଲେ।

ବିଦ୍ର: 'ତୋବା'- ପରମେଶ୍ୱରଙ୍କ ପାଖରେ କ୍ଷମା ଯାଚନା କରିବା ।

....

"ସିଦ୍ଧ ପୁରୁଷ ଗସେ ଆଜମ୍"- ଏହି ଗଳ୍ପଟି ବେଙ୍ଗାଲୁରୁ ୱେବପେଜ୍ ପ୍ରତିଲିପି ସାହିତ୍ୟ ପ୍ଲାଟଫର୍ମରେ ୮ ଜାନୁଆରୀ ୨୦୨୨ ମାସରେ ପ୍ରକାଶ ପାଇଛି।

■

ଆସନ୍ତୁ ବିଶେଷ ଦିବସରେ ବନ୍ଧୁମାନଙ୍କୁ ଏହି ପୁସ୍ତକଟି ଉପହାର ଦେବା

କ୍ର. ନଂ	ବନ୍ଧୁଙ୍କ ନାମ	ଜନ୍ମ ଦିବସ/ ବିଶେଷ ଅବସର	ଯୋଗାଯୋଗ ନଂ

ଗୁରୁମା ଗୁରୁଜୀଙ୍କ ଅଟୋଗ୍ରାଫ୍

ନାମ, ଠିକଣା ଓ ଜନ୍ମ ତାରିଖ	ଷ୍ଟାମ୍ପ ସାଇଜ ଫଟୋ	ମୋ ପ୍ରତି ଆଶୀର୍ବାଦ ଲେଖା

www.ingramcontent.com/pod-product-compliance
Lightning Source LLC
LaVergne TN
LVHW041539070526
838199LV00046B/1736
* 9 7 8 9 3 9 2 6 6 1 4 2 6 *